雄安新时期作家作品

容城卷

雄安
新时期
作家
作品
容城卷

马晶晶　苏虹　高琴　主编

河北大学出版社
·保定·

出 版 人：朱文富
责任编辑：韩立霞
装帧设计：赵　谦
责任校对：耿兆飞
责任印制：常　凯

图书在版编目（CIP）数据

雄安新时期作家作品．容城卷 / 马晶晶，苏虹，高琴主编．-- 保定 ：河北大学出版社，2021.2
ISBN 978-7-5666-1752-1

Ⅰ．①雄… Ⅱ．①马… ②苏… ③高… Ⅲ．①中国文学－当代文学－作品综合集－容城县 Ⅳ．①I218.224

中国版本图书馆 CIP 数据核字（2020）第 262640 号

出版发行：河北大学出版社
地址：河北省保定市七一东路2666号　邮编：071000
电话：0312-5073003　0312-5073029
网址：www.hbdxcbs.com
邮箱：hbdxcbs818@163.com
印　　刷：保定市北方胶印有限公司
幅面尺寸：170 mm × 240 mm
字　　数：230千字
印　　张：15
版　　次：2021年2月第1版
印　　次：2021年2月第1次印刷
书　　号：ISBN 978-7-5666-1752-1
定　　价：60.00 元

容城文学作品掠影

团队调研

容城作协文学活动

团队调研

容城作协文学活动

容城作协开展“三贤故里行”文学采风活动

容城作协年会合影

容城作协参加全国著名作家雄安·白洋淀文学笔会采风

容城作协参加“雄安作家看雄安”文学采风活动

序

地处北京、天津、保定腹地的雄县、容城、安新三县，是华北地区一片美丽的大平原。其环抱华北明珠白洋淀，西临巍巍太行，气候湿润，水陆交通通达，民风淳朴，人杰地灵，是中华大地上一块平安而富庶的宝地。2017 年 3 月 28 日，中共中央、国务院发出通知，决定设立河北雄安新区。这是以习近平同志为核心的党中央做出的一项重大的历史性战略选择，是千年大计、国家大事。

雄安新区自设立后，基本建设稳步推进，文化建设也快步跟上。辛勤的文学耕耘者们纷纷用自己手中的笔，来表达对新区的深挚热爱：他们有的重在挖掘雄安的历史文化，如安新作家冬子李的《安新赋》、容城作家杨同全的《雄安史粹》、雄县作家宋忠臣的《雄安新区赋》；有的歌颂新时代、描绘美好蓝图，如容城作家庄梦醒的《千年雄安》；有的用文学传承雄安独有的乡风民俗、留住美丽乡愁，如安新王英年的《水乡苇事》、冬子李的《白洋淀美食笔记》……读着这些作品，我被感动着，心中升起了对作者多年努力创作的佩服。不管称这里为雄县、容城、安新，还是统一称为雄安，都让我感动。感动之余，我想，如何记录下这些文学耕耘者的执着，则是我们这些动笔弄墨的人的使命。“不忘初心、牢记使命”，我理解其内涵之一就是说不忘历史，才能明白如何前进。我们不能忘记民族的历史，不能忘记我们的革命史、文化史和文学史。雄安所辖区域历史悠久，文化底蕴深厚。这片热土既保存了晾马台、宋辽古战道等多处遗址，又涌现了刘因、杨继盛、孙奇逢等众多文化名人，孕育了璀璨辉煌的文学创作。仅从 20 世纪 40 年代起，这里就产生了一系列直接描写该地域革命和生活的优秀作品，如孙犁的《荷花淀》，袁静、孔厥的《新儿女英雄传》，梁斌的《播火记》，徐光耀的《小兵张嘎》……后来出现的“白洋淀诗歌群落”、韩映山、刘锦云等，同样以优秀的作品闻名于世，更年轻的作家冬子李、阿民等也有丰富的创作，真可以说是代代辉煌。我们要开发这些历史资源、滋养后人，才不负时代使命，同时我们也要创造新的历史与新的业绩，使雄安历史文化得以更好地传承和弘扬。

《雄安新时期作家作品》就是在为创造新业绩而努力。放在我手边的这几本书稿是几位热心文学的青年研究者努力编出的文学选集，也是她们交给雄安人民的成果。该书共收录了雄安新区 130 多位新老作家的小传和文学创作，真可以说是洋洋大观了。就文学体裁来说，有小说、散文、戏剧、新旧体诗……书中收录的作者有几代人，有的人已经离世，有的也年过八旬，当然有更多的人年富力强，正当创作兴旺时期。打开书一看，好一片百花盛开的美丽花园，琳琅满目，美不胜收。我们的文学有这样的美好承传，是令人欣慰的，就像美丽的雄安，风光宜人，令人神往。这些书稿虽不能全面反映雄安的文学大观，但或许可以成为观望雄安文学的一扇窗，在其后定会有更加绮丽万象的文学风景。

《雄安新时期作家作品》的调研团队一直关注地域文学的研究，尤其在保定作家群的研究上取得了不少成绩，完成了多项校级课题、市级课题和省社科基金课题。据我所知，两位主编马晶晶和苏虹分别在阿宁和谈歌专题研究方面，做了很多努力。除了各自的研究专题外，她们对孙犁、韩映山等老一辈作家也有较多的研究。而且她们还在保定学院文学院讲授保定作家群研究课程。雄安文学有鲜明的地域色彩，同时与保定作家群密切相关，《雄安新时期作家作品》可以说是她们地域文学研究的一份成果。这份成果立足基础研究，为其他研究者提供了一份全面而详细的当代作家资料，也集结了优秀作家的重要作品，是一个重要的资料汇集，为今后的研究打下了扎实的基础。相信她们今后在雄安文学发展史和雄安作家研究方面会有更细致、更深入的研究，有更厚重、更丰硕的研究成果，以提升雄安文学在当代文学史上的地位。

人民为什么需要文学，这是个很老的问题。简而言之，我认为，人不同于其他动物的一点是人除了物质的需要外，还得有精神的慰藉。记得恩格斯在《德国民间故事书》中说过一段话：“民间故事书的使命是使农民在繁重的劳动之余，傍晚疲惫地回到家里时消遣解闷，振奋精神，得到慰藉，使他忘却劳累，把他那块贫瘠的田地变成芳香馥郁的花园……使他意识到自己的力量、自己的权利和自己的自由，激发他的勇气并唤起他对祖国的热爱。”这段话是恩格斯称颂民间故事的，显然也可以拿来作为一切文学存在意义的论据。文学就是这样，应该慰藉人生，也应该能够唤起生活的力量，增强道德感，从而激发人民对祖国的热爱。我敬佩一切从事文学创作和文学批评的人，支持他们的艰苦奋斗并且矢志不渝。

因此，我愿意写这篇序，献给热爱文学的作者、读者、编者。

刘玉凯

2019年8月18日

前　言

雄安文学作为一个文学地理学概念，具有鲜明的地域和时代色彩，尤其是2017年雄安新区设立后，在世界眼光、国际标准、中国特色、高点定位的总体规划部署下，雄安文学既面临着千载难逢的发展机缘，又面临着新的挑战。在关键的历史节点，只有更好地总结过去、正视现在，才能更好地展望未来，因此，对雄安文学进行梳理，成为当务之急。

雄安文学不是孤立存在的，它始终与自己的历史文化、地缘特色等结合在一起。这些历史文化和地缘特色影响了雄安文学的内容、气质与风格。

从源远流长的历史文化角度来说，易水河畔的壮士萧萧、宋辽古战场的战旗猎猎、三贤重信尚义的铁骨铮铮……都积淀了这个地域的悲壮慷慨之气。这种悲壮慷慨之气作为一种血脉传承，生生不息，不断强化延伸，被雄安人民完整地继承与保留下来，成为一种不灭的文化精神，尤其是在特殊的历史条件下，更成为一种坚定执着的信仰而大放异彩。这种文化精神深深感染、打动了作家，作家的责任感和使命感使他们必然通过文学的形式把这种精神力量传播得更远更广。因此，在抗日战争中，出现了大量的表现当地人民不畏牺牲、充满血性、坚韧战斗、展现民族骨气和操守的文学作品，如孙犁的《荷花淀》、穆青的《雁翎队》、袁静和孔厥的《新儿女英雄传》、李永鸿的《白洋淀渔歌》、徐光耀的《小兵张嘎》、梁斌的《播火记》等，这些作品比较典型地继承了雄安历史文化传统中的慷慨悲壮之气，同时也衍生出了雄安文学乃至中国现当代文学中富有革命色彩和斗争激情的红色基因，这是雄安文学刚性雄浑的一面。

雄安文学也不缺少阴柔清丽之风，这与它的地缘特色有关。雄安在北方大地上是一个神奇的存在。雄安位于河北省域内。河北属于温带大陆性季风气候，除去个别年份，算不上一个雨水充足的地方，甚至很多城市地表水匮乏。但雄安的淀水却充沛而浩荡，成为整个华北平原上一个特异而极富魅力的“北地江南”。水的温润、柔婉、清丽既是该地域的典型特色，也潜移默化地影响了该地文学，使雄安文学也具有水一样的优美、恬淡、细腻的风格。这体现了地域特点与文学风格的密切关系，也为雄安文学风格的成因在地缘因素方面找到了源头。当然，雄安文学中柔性的一面不是纯粹的、独立的，而是与刚性的一面相互交织融合的，是柔中带刚、刚柔相济的，正如水的特质一样，虽柔却可以水滴石穿。这方面最典型的代表就是孙犁及其开创的“荷花淀派”文学。

孙犁已经成为雄安文学的一座丰碑，我们如果只从地缘角度定位孙犁及其“荷花淀派”，显然是片面的，因为除了典型的地域特色外，他的文学中还蕴含着“五四”新文化精神。与孙犁一样，享誉文坛的“白洋淀诗歌群落”，其作品同样也深蕴了“五四”新文化精神，尤其是其中洋溢的大胆质疑、理性反思和理想主义，这些文化因素的融入，必然使雄安文学具有勇于探索、不断创新之风！

通过以上对历史传统、地缘文化的挖掘分析和对当代文化思潮的梳理，我们大致理出雄安文学几条典型的线索，即以红色基因为基础的充满斗争激情和昂扬意志的“红色经典”、以“荷花淀派”为阵营的含蓄诗意的优美文风、以“五四”文化精神为精髓的先锋作品。当然，这几条线索不是平行线，更多的时候，它们相互渗透，共同形成了雄安文学错综多元、丰富斑斓的局面。而这些文学传统在新时期都得到了较好的继承和发展。

本书书名用“新时期”这个词，也是经过了一番纠结。本书所谓的“新时期”是一个相对宽泛的概念，既参照了一些比较权威的学术意见，如北京大学出版社出版的、朱栋霖等主编的《中国现代文学史》中，以 1976 年 10 月“文化大革命”的结束为标志，称该阶段以后的文学进入新时期，同时也有一些个人的主观理解。我们认为，当代文学是一个与时俱进、不断延展的概念，新时期也是一个在一定范围内的说法，因此，我们为了避免因为追求学术严谨而出现过于琐碎的现象，就笼统地把特殊时代结束以后的文学称作新时期文学，目的是为突出一个“新”字，让读者一目了然地知道本书写的是新时代的新作家。

正是这些作家对雄安文学的优良传统进行了继承和发扬，同时又赋予了雄安文学新的时代特色。在一次次深入雄安的调查采访中，我们发现了一大批文学创作者和热爱者，也发现这些文化精神和文学传统在这些创作者和热爱者身上得以传承和弘扬。这是一支强大的文学创作队伍，在此仅举几例：田荣承等的小说自觉地延续着红色经典的血脉，阿民等的诗歌洋溢着“白洋淀诗歌群落”的热情和精神，王英年等的散文保留并丰富了“荷花淀派”的风姿！

雄安新时期作家队伍阵容相当庞大，既有徐光耀等资深老作家，又有一批创作相对成熟的中年作家，更有一批文学新秀。发现、整理、关注、研究这些文学创作者应该是切入雄安文学最直接、最质朴、最客观的方式。因此，编写作者小传、选读代表作品就成了本书的基本体例。本书是雄安新区设立以来的首次规模较大、较全面的作家“集体亮相”。全面整理作家、作品等资料，可以更好地提升新区作家的整体影响力，进一步推动雄安文学在当代文学史中的地位研究。孙犁、徐光耀、“白洋淀诗歌群落”等老一辈作家和创作团体已经在文学史上占有重要的地位，但当代尚需继承者，经过一段时间的沉淀和检验之后，这些创作者必将进入中国当代文学史研究的视野。

本套书按地域分为雄县卷、安新卷和容城卷。一般来说，入选本书的创作者要具有长期的雄安生活经历，籍贯或户籍隶属雄安新区，并且有相对成熟的文学作品。与雄安关系密切的孙犁与“白洋淀诗歌群落”等诸多成员，鉴于中国现当代文学史等书籍已有详细研究论述，本书不再赘录。

当然，由于时间与精力有限，本书在人员录入方面难免有所遗漏，在此深表歉意。

在多次走进雄安的调研中，作家们有太多让人动容的故事。我们深深感叹于他们于艰难困顿、生活奔波中对文学苦心孤诣的坚守；感慨于别人势力冷眼、嗤之以鼻时他们对文学抱有的赤诚；感动于他们牧羊途中、收割之余对文学的渴望和坚持……正是这种对文学的执着和热望，使他们在文学发展处于最低谷时仍然坚持下来，并成立了几百个文学社团，自费油印文学刊物：白洋淀文学社、烛光文学社、芦芽文学社、晨光文学社、白洋淀文学青年联谊会、雄州诗社、雄县文学协会、荷韵清风文学社、白洋淀诗书画院等文学社团；《阳光之恋》《芦苇花》《水淀风来》等文学刊物。这些文学社团、文学刊物和文学活动在当代雄安文学发展史上具有重要的史料价值。

雄安文学创作者们对文学的坚定信念和热切执着是文学得以传承发展的希望之火，正如鲁迅所说，文艺是国民精神所发出的火光，又是指引国民精神的前途的灯火。他们通过作品表现着对生于斯长于斯的人民的热爱，又通过作品引领精神、陶冶品性。可以说，有他们在，灯亮着。《约翰克里斯朵夫》中说："真正的光明绝不是永没有黑暗的时间，只是永不被黑暗所掩蔽罢啦；真正的英雄绝不是永没有卑下的情操，只是永不被卑下的情操所屈服罢了。"正是有了这样的信念和勇气，他们才能在喧嚣浮躁的现实生活中求得宁静、淡泊和自由。贺拉斯说："驱散烦忧要靠心性和智慧，并不能全然指望远离尘嚣的海角天涯。"雄安诗意精神的存在不仅依赖红荷绿苇、天蓝水清、鸟飞鱼跃、蛙鼓蝉鸣的自然环境，更离不开这些文学守望者的高蹈的精神追求。

雄安淀水浩渺绵长，红荷绿苇芦花，村落庭院围墙，乡路小桥行舟……铺于淀水之上，宛如一幅江南图画。"潮平两岸阔，风正一帆悬。"愿那些热爱这片土地与人民并以此为创作之源的人，在又一个新的历史时代不断前行，愿雄安文脉诗意悠长！

编者

2018 年 9 月

目　录

孙志明

孙志明，男，1936年生，雄安新区容城县北关村人。毕业于保定师范学校，中学高级教师，语文特级教师，全国优秀教师，保定市名师和十佳教师，县模范班主任和专业技术拔尖人才，容城县政协第四届委员会副主席，保定市政协第八届委员会委员，河北省中学语文教学研究会会员，中国教育写作学会会员，《语文周报》《作文周报》等报纸的兼职编辑、特约编辑。中国老年书画学会会员，翰墨书画院、中国书画艺术研究会院士、理事，燕南书画家联谊会理事，中国书画家联谊会雄安文化艺术发展中心书法教授。

1990年出版《中学生作文指导——祝你妙笔生辉》。该书获河北省教育学会第三届（1988—1990）教育科研优秀成果一等奖。

1996年主编《河北容城优秀文集》，收入学生在报刊上发表过的文章二百二十三篇、诗三十三首。

2006年出版《教坛求索》一书。该书收入文章三百九十五篇，大部分是教研文字，也含少量文学作品。

2013年出版《破惑集》。

孙志明是容城县20世纪唯一的特级教师，《中国当代教育名人辞典》《中国当代语文名师传略》等四部辞书对他做了介绍。

孙志明虽已耄耋之年，仍积极弘扬传统文化，为雄安新区的文化建设做出了贡献。

作品选读：

“辣手”与“妙手”

容城县三贤之一的椒山先生（杨继盛）有著名的联语：铁肩担道义，辣手著文章。革命先烈李大钊变其义而用之，把它改为“铁肩担道义，妙手著文章”，并多次题写赠人。当代书法作品里，也不断出现这副联语，并标明是李大钊先生所作，却很少有人知道，这是从杨椒山先生联语派生出来的。

“妙手”一词，古人早已运用，陆游曾说“文章本天成，妙手偶得之”。李大钊可能是基于此改“辣”为“妙”的，他认为自然天成的佳作只能是“妙手”（善于为文的人）在有灵感的时候才能写出。如果从写文章的角度分析，能“著文章”特别是写出含义隽永的高档次文章，确实需要妙手。写作技巧低的人，不善于构思的人，不会产生灵感，不会写出众口称赞、有补于世的佳作。这样看来，李大钊的改动是有道理的。

然而，“辣”改为“妙”，一字之变，含义迥异，与原来联语的内涵大相径庭。椒山先生是明朝嘉靖年间的忠臣，他赤胆忠心，忧国忧民，以犀利的文笔抨击时弊，揭发权奸。他三十二岁参加科举考试时，试卷中写入了对现实不满的话，主持殿试的官员不敢把他的卷子呈送给皇帝看，可又赏识他的胆略和才气，于是降格录用——他只当了留都（南京）吏部的官员。椒山先生踏入仕途之初，就因“辣手著文章”而吃了亏，但他仍痴心不改。在当官的短短四年里，他任兵部员外郎时，因弹劾大将军仇鸾误国而被贬官，后被启用为兵部武选员外郎时，他的矛头竟直指当时的权臣严嵩。但是严嵩已用手段取得了皇帝的信任，党羽颇丰，炙手可热，没人敢惹。椒山先生不畏权贵，又用“辣手”写了《请诛贼臣疏》，历数严嵩“十罪五奸”。严嵩气急败坏，假传圣旨，把他逮捕入狱。他坚贞不屈，受尽酷刑，终被杀害，年仅三十九岁。

如果联系椒山先生的壮举，再从整个联语来看，“辣手”更体现了上下联韵味的一致。仁人志士，以身许国，既然肯用铁肩担当道义，在与反动势力做殊死斗争的时候，就得用“辣手”写文章。这不是一般的文章，而是声讨文字，是檄文，要有战斗力，使对方看后，就像曹操看见陈琳写的声讨文字，立刻出一身冷汗。这个“辣”劲儿必须有，如果只追求艺术性，把文章写得精巧，妙则妙哉，战斗力就没有了。

笔者认为，写文章“辣手”与“妙手”应各显其能，各尽其妙，该“辣”就“辣”，如果“辣”中有“妙”就更好，像鲁迅先生的杂文，真做到了“刺贪刺虐，入木三分”，就是“辣”中有“妙”的典型。

当今写文章，抨击贪官污吏的腐化堕落，批判流氓痞子的恶劣行径，还是要有点“辣”劲儿为好。对社会上的落后现象，广大群众生活中的问题，用“妙手”写文章去批评、去规劝，更有助于帮助他们提高认识，加强修养，以便形成安定团结的局面，从而享受改革开放的成果。

我是“永久牌”

我经常骑着“永久牌”自行车出入，时而听到熟人们说：“你是特级教师，又是县政协副主席，还骑这个?”意思是，凭我的身份和地位，应该去坐卧车，最低限度也得骑摩托。他们哪里知道，我对“永久牌”自行车情有独钟，并以拥有这样的代步工具而感到无比愉快和欣慰。

三十年前，“永久牌”那真是响当当的牌号，谁拥有那样的自行车，都会感到自豪并受到别人的羡慕。然而，一般人是很难买到那样一辆名牌自行车的。那时，一辆名牌自行车虽然仅一百七十多元，但需凭票供应，而那张“票”又是很难得到的。“一些人”得到票后，买了新车，转手就能卖三百多元；如果自己骑新车，骑上两年，还能原价卖掉，然后再买新的骑。那时，结婚要彩礼讲究三大件——自行车、手表、缝纫机。那自行车当然得名牌的。为买到这辆名牌车，普通百姓得费很大周折。

我和老伴儿当时都教小学，两个人的工资合起来每月才七十七元。这点钱供应八个人消费（我们夫妻二人有三个孩子，再加双方的三位老人），维持最低生活都不容易，怎敢有买自行车的奢望？至于名牌，简直是蓬莱三山，可望而不可及！

后来，我们省吃俭用地攒了几个钱，花一百四十多元买了一辆“白山”牌车子。我对它爱护备至，买来缠车布把它包装起来，座套、把套、脚蹬套也装备齐全。我很高兴，虽然牌子不太好，但总算有自己的车了。可是，没骑多长时间，梁就断了。我知道，这不能怪它，因为我常常用它载着妻子和两个孩子，这是它超负荷运作的结果。后来焊接上骑过一段时间后我就以七十多元的价钱处理掉了。而后，我又花一百五十多元买了辆加重“白山”车，凑合着骑呗！因为，名牌与我无缘。可是我相信，总有一天，能骑上向往已久的名牌车。

后来，我工资逐渐提高，生活也安定下来，可是，买“永久牌”的心思却淡漠了。因为，我家住进了学校的家属宿舍，用不着来回跑了，而且那辆旧的加重“白山”车还能凑合着用。后来，又唤起我买“永久牌”欲望的是对一件事的回忆。

一天，我在街上遇到了已退休的袁老师。那是位老实厚道、德高望重的老教师，他见了我非常高兴，满口赞誉：“我在电视上见到你了，你‘行’，确实‘立’起来了！”他把“行”和“立”都念成了重音。记得我人生陷入困境时，他经常劝我，安慰我，凭长者的阅历给我指明方向——我们老师是“永久牌”。

好，我们是“永久牌”！多么有见地的话呀！于是，我买“永久牌”车的念头重新被唤起。终于，在前年，我买了一辆加重的“永久”自行车。买车的钱也用不着成年累月地积攒，我一个月工资能买好几辆呢！世易时移，市场繁荣了，买辆名牌自行车竟变得这么容易！

我已经该退休了，校长还希望我教下去，带一带年轻教师；朋友也告诉我，退休后某私立学校欢迎我去任教。我这个人竟然变得值点钱了，这比起那些无功受禄的人来，还真有点用场呢！这样看来，我这个人也有点“永久”性了，这真是令人欣慰的事。

骑着“永久牌”自行车，我感到十分舒畅和惬意。因为我也是“永久牌”！

朱恩涛

朱恩涛（1938—2015），男，雄安新区容城县沙河营村人。中国作家协会会员。1963 年毕业于南开大学。曾任全国政协委员，中国警察协会副主席，国际刑警组织终身名誉副主席，清华大学、南开大学、中国人民公安大学兼职教授。

朱恩涛的另一个身份是著名的文学家、翻译家。他 20 世纪 60 年代就开始发表作品，1998 年加入中国作家协会。主要作品：长篇小说《鱼孽》《公安局长》《红色天网》，散文随笔集《国际刑警情思》等。他还曾与夫人共同创作电视剧《缉毒警察》《公安局长》《红色天网》。编著《国际刑警与红色通缉令》，译著《加拿大特工史》（合作）。曾为《国际刑警之歌》《警察朋友来自远方》《蓝色徽章熠熠闪亮》等歌曲作词，歌词《国际刑警之歌》《蓝色的徽章熠熠闪亮》均获公安部金盾文学奖。

作品选读：

公安局长（节选）

故事发生在北方古城云都市。

第　一　章

2001 年 8 月 26 日，云都市发生了一起特大盗枪案。“8・26”盗枪大案惊动了公安部领导，也惊动了国务院。国务院有关领导对此做出重要批示：务必解决云都治安问题，还老百姓朗朗乾坤。

就在这一天，省公安厅召开党委紧急会议，宣布经省委批准，任命省厅刑警总队队长黎剑出任云都市公安局局长。会议一结束，省厅厅长曹宇峰立即打电话，让黎剑到他办公室来。曹宇峰随手打开电脑，敲打着键盘，电脑屏幕上即刻出现一幅幅云都市治安混乱的资料照片，他的两道浓眉一下子紧锁起来。

“报告!”随着一声响亮的声音，曹宇峰抬头望去，只见黎剑穿着新改装的蓝黑色警服，出现在门口。黎剑一米八高的个头，正在向他敬军礼，显得英俊潇洒。曹宇峰的眼前即刻闪现出十几年前黎剑从部队转业分配到厅里报到时敬礼的样子，不由地笑了。他站起身来走到黎剑身边：“你呀，还没变样，这新警服一穿更帅了，里边坐吧。”黎剑放下手，笑了笑说：“曹厅长您一夸我呀，总没好差事，快说吧。”黎剑边说边坐到沙发上。曹宇峰看了黎剑一眼：“那我就直说吧，你这次出任云都市公安局局长，可以说是临危受命，肯定不是好差事，不知你是否有意见与困难?”

黎剑淡然一笑反问道：“我有意见和困难就会改变任命?”曹宇峰微微摇摇头：“说心里话，我也舍不得你走，可你是云都方面指名要的，组织上讨论时，我提出了四个人选，大家一致认为还是你最合适。”

“其实，还有比我更合适的人选，”黎剑一脸真诚地说，“当然，组织的决定我只能服从。干好了算我有本领，干不好只能算你们选错了人。”

“好啊，你真是滴水不漏。”

“我是勉为其难。”曹宇峰话音未落，黎剑立即出口。

“好了，我从来就说不过你这个秀才，说说你有什么打算?”曹宇峰笑着拍了拍黎剑的肩膀站了起来。

黎剑沉默片刻低声说道：“眼前的打算只有一个，那就是想法儿做好我老婆的工作。”

“是啊，”曹宇峰接过话头，“当初让我当公安局局长的时候，我老婆整整哭了一夜。她说什么活儿你不能干，非要去干这个活儿？……”两人说着都会意地笑起来。当黎剑离开曹宇峰的办公室，骑自行车来到繁华闹市区时，他的心情却无论如何也轻松不起来。他知道这个决定来得太突然了。尽管在这之前他也有过思想准备，可他知道云都是妻子徐蕾和女儿晓宇的伤心地，他真的无法向她们启口，可自己是名警察，警察头上戴的是国徽；明天就得出发，而明天又恰好是自己和爱妻结婚十五周年纪念日……黎剑推着自行车边走边想着，他决定给妻子买件礼物。他把自行车停在一家珠宝商店门口，进去为妻子挑选了一条浅粉色的珍珠项链，然后小心翼翼地装在贴身衬衣的口袋里。女服务员羡慕地看了他一眼。黎剑从珠宝店出来看了看表，又蹬车向菜市场骑去，今晚他想好好给徐蕾做几道拿手好菜。

菜市场人头攒动，吆喝声、叫卖声不绝于耳。黎剑买了活鱼、虾和一大包蔬菜，匆匆往家赶去。进门后他抹抹汗就扎进了厨房，一阵洗菜声、切菜声、炒菜声汇成了一支锅碗瓢盆交响曲。那“滋嚓滋嚓”的油锅煎菜声，惊动了在里屋练琴的十五岁的女儿晓宇。她向厨房探进头去，只见黎剑正围着围裙在忙碌着炒菜……她忽闪着美丽的大眼睛，甩着头上的马尾辫，调皮地问道：“爸，你今天肯定有事求妈了是吧？……你这样自觉连我都心神不定了。”黎剑用手推了一下晓宇的头故作严肃地说：“去去，快去，练你的钢琴去，别耍贫嘴了。”晓宇朝他做了个鬼脸儿，便练琴去了。

傍晚，徐蕾拎着买来的菜匆匆回到家里。晓宇亲热地迎上去，把嘴附在她的耳边轻声说：“妈，我告诉你，今天好怪哎，太阳从西边出来了！”“什么呀，别胡缠好吧，妈得赶快做晚饭！”徐蕾说着丢下包，拎着菜走向厨房。徐蕾发现黎剑已烧好了好几样菜，却还在忙碌。她一愣，晓宇在钢琴上重重地弹响了一个音符：“我没说错吧，今天太阳从西边出来了。”说话间，黎剑把最后一道菜端上。一家人围坐在一起高兴地吃起来。

徐蕾在省城英烈子弟学校当校长，她爱事业也爱这个家，她知道黎剑心里也惦着她和晓宇，只要有一点儿空儿，黎剑总是亲自下厨为她们做几道可口的饭菜。此刻她确实饿了，大口大口地吃着，还不时地看黎剑一眼，黎剑用温柔的眼光看着她。晓宇看着他俩在一边儿偷笑。

晚饭后，晓宇去做作业，徐蕾在灯下批改学生的作业，黎剑笑眯眯地把首饰盒放在她面前。徐蕾不解地抬头看了他一眼，黎剑往徐蕾身边靠了靠说：“明天是咱俩结婚十五周年纪念日，你忘啦？这是我送你的礼物……”徐蕾默默地打开首饰盒，见里面是一条浅粉色的珍珠项链。黎剑把项链取出，轻轻戴在徐蕾的脖子上。徐蕾在镜子里照了照，她白皙的皮肤配上粉色项链更显得妩媚动人。徐蕾有点儿羞涩地笑了。徐蕾突然感觉到了什么，因为她对黎剑真的是太了解了，平常他那么忙，难得回家做顿饭，忙时更不会对结婚纪念日记得那么清楚，可今天……她突然紧张起来，站起来轻轻扳住黎剑的肩头问道："我知道，你今天准有事！说吧，糖浆都灌过两遍了，我有准备。"

黎剑正想答话，电话铃骤然响起。黎剑忙去接听，听着听着，他的脸色愈来愈凝重。徐蕾在边儿上不安地看着他。黎剑放下电话转身对徐蕾说："云都那边出事了，歹徒要炸舞厅……"他边说边穿起警服，"今天上面突然下了任命，让我去云都任公安局局长，想不到，来了这么个见面礼，我得走了。"黎剑本来向徐蕾难以启口去云都任命的事，可接完电话他却什么也顾不上了。徐蕾听了黎剑的话，一下子愣住了，她原以为黎剑一定有什么重要的案子要出远门，可没想到是让他去云都任公安局局长，而且就这样离开家。当黎剑打开大门时，徐蕾忍不住喊着他的名字冲出卧室，一下扑到他的怀里。黎剑歉意地轻轻说了句："真对不住你……"他不知道自己该说什么好。徐蕾仰起头，眼睛里含着泪水，默默地为他送行。而当黎剑离开后，徐蕾忍不住转身扶着墙哭泣起来。晓宇正在做作业，听见哭声，她赶紧跑出房门安慰妈妈。徐蕾擦了擦泪，看着墙上那幅黎剑书写的林则徐的名句"苟利国家生死以，岂因祸福避趋之"，轻声对晓宇说："你爸他做得对。"

张祥禄

张祥禄（1945—1998），又名张祥录，男，雄安新区容城县人。河北省作家协会会员，书法家协会会员，中国国际书画艺术研究会会员。曾任容城县委宣传部新闻干事、乡纪检书记、容城县委宣传部副部长兼文联副主席。

1945年6月，张祥禄出生于河北省容城县南郑村一个普通农民家庭。他上学时，学习勤奋，成绩一直名列前茅，作文经常被老师当作范文在全班朗读。1965年2月，怀揣着报国梦的他参军入伍。在部队，他历任文书、班长、代理排长，多次受到表彰奖励。

退伍后，他被组织安排到湖北石油勘探队工作。在油田工作期间，他热爱本职工作，积极肯干，上进好学，并利用业余时间发表了大量新闻、书法和文学作品，成为单位的文艺和写作骨干。

1984年，张祥禄离开石油工作岗位，调任容城县委宣传部，从事宣传工作。在此期间，他先后在《人民日报》、《光明日报》、《河北日报》、《保定日报》、中央人民广播电台、河北广播电台等媒体发表各类作品一千余篇，计四十余万字，共获省、地（市）、县三级奖励24次。其中，人物特写《紫荆花香》获《河北日报》“党魂”奖。

张祥禄热爱文学艺术，在任县委宣传部副部长和县文联副主席期间，积极倡导文化兴县。他深入发掘全县文学艺术资源，支持杨继盛故里恢复重建“忠愍祠”，亲自收集整理史籍，撰写《容城“先贤”杨继盛》《明代忠良杨继盛，为国捐躯斗权奸》等大量作品，并将杨继盛《临刑诗二首》《朝番途中口吟》等名篇以书法的形式题写于容城县北河照村杨继盛故里“忠愍祠”两壁，供后人学习、瞻仰。他热爱家乡，大力宣传白洋淀旅游文化，经常深入实地考察，撰写美文、拍摄淀区美景，发表于各大媒体，扩大了“华北明珠”白洋淀在全国的知名度。

张祥禄勤政敬业，一生追求卓越，为扩大容城县的知名度及“两个文明”建设做出了杰出贡献。1996 年被推荐为保定市市级优秀人才。

作品选读：

容城荷花淀记

熏风六月，在容城县留通村的水面上蓦地长出千亩荷花，面积之大、景色之美，在白洋淀堪称一绝。这使人想起南宋诗人杨万里的诗句：“接天莲叶无穷碧，映日荷花别样红。”

留通村在白洋淀北部的烧车淀畔。据《弘治保定郡志》载：“昔人以车装载石灰，经此遇雨，灰中生火烧车，延及蒲苇，通宵不熄，故名烧车淀。”相传乾隆下江南路过当时烧车淀的李合庄，看到这儿风景幽雅，水产极丰，有捕不尽的鱼虾、割不尽的芦苇、过不尽的帆船，认为这都是淀水留下的通达富贵，遂将此地改名为留通村。村南那块一百多亩的沙滩名曰“杨六郎遛马场”。相传，这是杨家将与辽作战的古战场。来到白洋淀北堤，向下望去，拒马河水哗哗注入淀内，不舍昼夜，极目南眺，整个大淀白茫茫一片，与天边相接，一群群野鸟在霞雾中飞来飞去。乘旅游艇向南至芦苇荡，又进入另一个奇妙的世界：芦苇荡像两道翠障把小船夹在状如银带的水道上。约经一里凉荫的水路，眼前豁然开朗——千亩荷花突然出现在眼前。

大淀一望无垠，生机勃勃，那硕大莲花盖满水面，一片粉红。熏风拂过，送来馥馥荷香。那亭亭玉立的水中仙子在水中婆娑起舞，竞献舞姿。这儿的一切是那么恬静，那么幽美，那么迷人。我素喜莲花，更爱那荷叶上晶莹耀眼、玲珑剔透、别有风绰的水珠。可能是孙犁先生的佳作《荷花淀》使得白洋淀美名远扬，可能是雁翎队的神威使得白洋淀英名大振，可能是电影《小兵张嘎》使人对淀区人的内在美深有所感，难怪许多游人一到白洋淀都急于寻找荷花淀。我想在这里，他们一定能够如愿以偿。

船行荷花淀，如在画中游。热了，可以在温柔的淀水里浸一会儿；渴了，可以喝几口清甜的淀水；馋了，可以摘几株莲蓬，把甜甜的莲子放在嘴里；饿了，可以在渔民那里买到活蹦乱跳的鲤鱼，在船舱小灶烹调。临走时，游人还纷纷与荷花合影留念。是啊，谁不喜欢与“出淤泥而不染，濯清涟而不妖”的“花之君子”为伍呢！这正是：白洋淀北留通村，粉荷映日万千春。渔家姑娘歌一曲，嫦娥到此亦销魂。

晾马台怀古

（一）

昔日延昭抗辽兵，征途马渴路难行。
到此寻得半枯井，龙驹欲饮却不能。

（二）

忽听英雄一声吼，手扳井斜水自流。
战马喝足打个滚，突兀平地起高丘。

（三）

自此人称晾马台，不带干粮不下来。
更留龙柏参天立，当是六郎亲手栽。

（四）

杨门忠烈谁不仰？明月禅寺天下扬。
盛世重修佛事旺，一方净土万里香。

杨同全

杨同全（泉），男，1948 年生，雄安新区容城县人。河北省国学学会会员、副秘书长，保定国学学会会员，容城三贤文化研究会会员，杨继盛文化传承人。

1966 年初中毕业，后来坚持自学。1967 年任县广播站播音员、编辑。1978 年参加河北省播音员培训班。1983 年通过全国新闻系统高等职称评审委员会的学科文化考试，任总编、主播。1985 年退休。

2008 年，发表长诗《人民共和国六十年献歌》，长赋《诔祭杨继盛之歌》。2009 年，发表长赋《容城赋》。2010 年，发表长篇纪实《杨继盛史话》。2016 年，发表长赋《丙申五百年祭》和多篇诗词作品。2017 年，发表长赋《雄安史粹》，诗歌《中国梦·雄安篇》《颂十九大古体诗六首》等。另有《铁肩赤子铸旌忠》《雄安历史之燕文化特色》《雄安历史建置沿革考》《雄安历史人物辑锦》等作品。

作品选读：

雄安史粹

雄安三县，水陆交融，北望京都，南隶保府。接易水之长洲，汇九河分流而润“明珠”；倚太行之岧嶤，聚燕赵俊杰以冠神州！历史悠远，文化厚重，民风淳朴，人杰地灵。今兹圈点，翻开“协同发展”之巨轴；高端建置，彰显大国崛起之恢宏！抚今追昔，令闻古圣贤雄之摇撼胜记；灵台洞月，慨览司马太史之“无韵《离骚》”：釜山合符，振天炎蚩，黄帝轩辕播百谷于阪原涿鹿；便章百姓，驯德能明，尧帝放勋合万国而不舒不骄。籍出冀州，厚德远佞，大舜重华躬耕历山；夏禹文命，克勤身度，三过不入，治水厥功！召公奭封于燕，筑长城横穿雄安三县；燕桓侯徙临易，建别都于容城南阳。帝师郭隗出自定兴，燕相剧辛战死容城，皆黄金台纳之燕士；太子丹谋秦，樊於期自刎，成就荆轲之易水悲歌！刘玄德起自属郡，赵匡胤藉发清苑，帝雄兮各成霸业；范阳道元《水经注》，涞水冲之“环形山”，文粹焉咫尺雄安。汉太傅容城传《韩诗》；宋“二程”定州著易理；照邻禹锡燕诗翁；汉卿实甫承显祖……嗟夫！燕南之冠冕者，巍巍然取薄风云；瞻瞻焉灿璀今古！秦置雄安深泽县；唐设燕南归义州；宋修战道东穿霸；后周瓦桥置雄州；西汉容城（古贤）建易县；东汉公孙（瓒）易京楼……汉民谣有云：燕南垂，赵北际，中间不合大如蛎，唯有此间可避世。这后两句是说我白洋大淀也。且歌之曰：康熙屡屡巡幸游，乾隆驻跸赵北口，晓岚一棹溯空明，芦花深处小横舟。龙庭高矗摇倒影；广惠碑下垂钓钩。长堤万丝垂杨柳，依稀淑妃舞宫裘（金章宗妃李师儿安新人）。吞九河，沉皓月，泛万顷，隐蛟龙，雾蒙蒙芦荷香散；浩漫漫鸥鹭纷鸣。直教帝子忘返，富养菱藕渔家！

至元明清三朝，容城出三大贤，或拒高骋而记清源，或恶宠奸以致死殉，开磊砢，傲风霜，启承继，扬万方，发燕士之灏气，濯易水之沧浪！

刘因者，一大贤也。成于宋灭元兴之际，诗名冠元初之首。拒征召奉孝继母，设塾馆三台授书，研《易理》而追先圣，解《四书》著述颇丰。诗叹白沟界移江淮；赋评两宋御国无能。哀宋幸宋终入文庙；承启燕赵八百年儒风！

杨继盛者，二大贤也。幼孤苦志高而砥砺；性刚直以气节著称。南京吏部革除弊政：学乐制器五调七声。阻马市直击仇鸾卖国；贬狄道裸捐兴学启蒙。遏腐济世救助百姓；匡国锄奸死劾严嵩！拒吞蛇胆钢筋铁骨；自割伤肉傲效关公！如殷商之比干，若燕之荆轲！殉同武穆（岳飞）之英年；节类宋末之天祥！辣手文章留“谏草”；铁肩道义铸“旌忠”！临刑诗呼后人补；浩留丹心照汗青！

征君者，三大贤孙奇逢别号也。十一次拒绝清廷高聘，冒风险救助东林正士。反入侵举义御城关，兴教育传宗苏门夏峰。理学大成名齐黄顾；兼山堂桃李儒声！

安新陈氏兄弟三进士（陈德荣、陈德正、陈德华）；雄县万春父子二名家（李万春、李小春）；“奉天落子”张丽云（容城）；梆子名伶韩俊卿（雄县）；张桂良老调“小莲花”（安新）；奇人鼓师张振亭（容城）……呜呼，燕赵名硕众星璀璨；雄安自古多出英贤！至若家国逢难，群英奋起，割慈忍爱，舍小家而不顾；挥戈拉血，洗民族之蒙尘！于方舟建特支敌后抗日；两党合共御敌战场争锋。孙连仲台儿庄败日寇；杨杰公战松沪壮烈牺牲。杨化昭痛斥蒋公害异己；陈调元十万银圆捐家乡。刘秉彦率部雄安百战；杨成武克容城呈我威名。北后台战斗，五百子弟拼死抗倭一役；狼牙山勇跃，五壮士中“二胡”叔侄留英名！雁翎队“大台杆儿”痛歼日艇；小张嘎纵火烧敌楼。刘大娟秘印“边区币”，张金凤堪称“容城刘胡兰”……

改革开放，雏成小康。励精图治，打虎拍苍。“四个自信”，合和图强。圈建雄安，高端构想。双百目标，梦筑辉煌！以史为鉴，持正核心价值观；勇于担当，南湖初心不忘！任重道远，将改革进行到底！匹夫有责，各自奉献正能量！聚力英儿十四亿，何惧小丑跳梁！主旋律，大合唱！

曹宏君

曹宏君，男，1950 年生，雄安新区容城县大南头村人。中共党员，本科学历。

曹宏君自幼喜欢文艺，1971 年任大南头村小学民办教师，创办了全县唯一的一支小学生民乐队。1976 年调入八于中学。1982 年又被县教育局选调到原第二中学（职教中心前身）。1998 年获得高级职称。在繁忙的工作期间，他始终坚持文学创作活动，先后为学校、机关、农村编创了大量的文艺节目，涵盖快板儿、鼓词、说唱、剧本、歌词等多种艺术形式。1995 年组织容城职教中心师生创编校园歌曲，其中有九首被选入《河北省群众音乐作品荟萃》一书，其中校园歌曲《碧溪芙蓉别样红》获保定市中小学文艺会演一等奖。1999 年，被河北省委宣传部和省文联评为“河北省百名企业文化先进个人”称号。

2008 年，他从容城县职教中心常务副校长的岗位上退下来后，被容城县政府聘为《容城县志》主编，负责主编了八十五万字的《容城县志（1990—2010 年）》。2012 年，出版个人文艺作品集《杂坛雅韵》。

曹宏君多才多艺，尤其喜爱戏剧艺术。2012 年倡导建立了容城县戏剧协会。2013 年和 2015 年先后创编河北梆子小戏《聘三贤》和《铁骨柔情杨继盛》两个剧本并组织排练和演出，其中《聘三贤》中的《狱中情》一节于 2014 年应邀参加中央电视台戏曲频道《一鸣惊人》栏目的展演并获得周冠军。2015 年 6 月，县戏剧协会排演了河北梆子小戏《铁骨柔情杨继盛》，参加了河北省文联、河北省戏剧家协会主办的小戏、小品选拔赛，并荣获编剧和演出一等奖。这两个剧本分别于 2014 年和 2017 年被保定市宣传部评为精神文明建设“五个一工程”奖。

此外，曹宏君还担任容城县三贤文化研究会副会长，2014 年至 2016 年先后主编了该会会刊《容城三贤文化研究》三期和《三贤文化简明读本》一册。

作品选读：

今昔对比说麦收（节选）

“农家少闲月，五月人倍忙。夜来南风起，小麦覆垄黄。”芒种节气之后，昔日碧浪滚滚的千万顷麦田，如今已是满目鹅黄，金光灿灿，一派丰收景象。自古“芒种三天见麦茬”，今日已进芒种六七天了，一望无际的金黄小麦仍在炎炎烈日之下随风起伏，金波荡漾。如在十几年前，这时节早已是男女老少齐上阵，昼夜酣战收麦忙了。

这情景，可别说是农民懒惰、拖沓，而是时代的发展创造了可靠而神速的生产条件。你别看今天还是一片平静，明天可能就是热火朝天了。

两天后的一个清晨，我像往常一样同老伴儿出门散步，沿北城道北行。出村一看，远远近近有十几台收割机正在金色的麦海中破浪穿行，机器轰鸣，尘土飞扬，一派抢秋夺麦的紧张景象。大道边、麦田里停靠着许多拖拉机、三马车，等待装载收割的小麦。一个小伙子将拖拉机开到收割机旁，打开收割机粮仓出麦口，哗哗哗，金黄色的麦粒犹如决堤的洪水，倾泻到小伙子的车斗上，不一会儿就灌了个满满当当。小伙子的父亲抚摸着满车的麦子，笑得合不拢嘴，抓一把看看，籽粒饱满，咬一下咯嘣直响。老汉饱经风霜的脸上洋溢着丰收后的喜悦。

我和老伴儿继续沿大道前行，看着收割的景象，聊起了过去麦收时那艰辛苦累的岁月。

20 世纪 70 年代，正是“三级所有、队为基础”的集体所有制年代。每个生产队统管着几十户二三百口人的生产生活，每年种三四百亩小麦。一到麦收时节，每天清晨的三点钟左右，生产队长就要敲钟集合全队的劳力去拔麦子。雄鸡尚未鸣啼，天还是黑蒙蒙的，麦田地头已排满了人，每人两垄，俩人一档，连拔带捆。那时的麦田不像现在这样密植，而是大宽垄、高秸秆，再加上有些地块盐碱严重，麦子长得有些稀疏。强壮劳力很快就冲到前头，把那些老弱劳力远远地落到后边。待到天色放明、日出东山的时候，人们已是汗流浃背、浑身尘土、疲惫不堪了。不一会儿，日上三竿，骄阳似火，肚内无食，周身乏力，劳累程度几近极限。人们看看前面，地头还远，伸伸酸痛的腰板咬牙坚持下去。“足蒸暑土气，背灼炎天光，力尽不知热，但惜夏日长。”唐代大诗人白居易《观刈麦》中的诗句真是那真实的写照。

“不光是拔麦子累死人，麦子上了场，犹如火上房，又急又累的活儿多着呢。”老伴儿插话又说到打场的劳累。那时候，每个生产队都在收麦前轧好一片数百平方米的打麦场。拔下的小麦用大车拉到场里，派女劳力先铡麦头，一个麦头拦腰一刀两断，分成麦根和麦穗。麦根扔到场边做柴火，麦穗还要碾轧出粒。正当“赤日炎炎如烈火”的晌午，妇女们要一遍又一遍地翻场晒麦子。午后两点钟左右，队长派人套骡马拉碌碡轧场。几匹大牲口在把式的吆喝下，一圈又一圈地轧着麦子，妇女们则在后边连续不停地翻腾着麦秸。等到场头检验说轧好了，就得紧张地起场、扬场。那时的扬场可是高超的技术活儿。俗话说“会扬的一条线，不会扬的一大片”。扬场的好手会“看风使舵”，满畚箕糠麦双手一挥，扬出一条长长的弧线，麦粒慢慢堆成“码道”，麦糠和土气则随风吹到一旁。忙碌到天大黑了，麦粒才堆积在一起。望着小山一样的麦堆，社员们擦一擦脸上的汗水，露出喜悦的笑容。

宋朝诗人范成大《四季田园杂兴》里曾描述农民打稻谷的情景：“新筑场泥镜面平，家家打稻趁霜晴。笑歌声里轻雷动，一夜连枷响到明。”这里借用一下形容农民打麦子的劳动场面也是非常恰当的。

我们边走边说，恰巧路遇正在地边等待割麦子的村干部老刘大爷。听到我们的议论，他也爽朗地插话说：“那时候，别看这么劳累，每亩产量并不高，高产田不过三四百斤。当时的分配政策是‘交够国家的，留足集体的，剩下的才是自己的’，人们折腾大半年，每人分得小麦不过五六十斤。所以，吃白面只能是逢年过节时的享受，哪能和现在比呀，哪家都能收获几千斤麦子，成年的白米白面，真是天上地下两重天哪！”

刘大爷的话，言简意赅，朴实的语言概括了农村近些年来的巨大变化。

自党的十一届三中全会以后，农村实行了联产承包责任制，农民自主地耕种自己的责任田，发挥了改天换地的积极性和创造性。国家逐年加大对“三农”的投入，加快了农村现代化建设的步伐。科学的发展为农民提供了优良的麦种和先进的机械，农业的耕作方式发生了翻天覆地的变化。大面积的小麦种植，从种到收全部实现了机械化，农民不仅告别了刀割手拔，“面朝黄土背朝天，一个汗珠摔八瓣”的繁重体力劳动，而且大大地提高了麦收进度、收割质量和亩产量。

“科学技术是第一生产力”，邓小平同志的英明论断在广大农村的农业建设上得到了充分体现。

麦秋快了，农民乐了，农村富了。中华人民共和国成立，使祖祖辈辈当牛作马的劳苦大众翻身做了主人；改革开放的政策，又让广大人民群众摆脱了贫困，走向了小康。近些年来，国家不仅免除了延续千年的农业税，而且每年还给农民发放种地补贴，扶植农业更好更快发展。如今的农村，小楼林立、街道整洁，人民安居乐业、幸福安康。农村人的生活正大踏步地向城市化靠近，农村的发展已驶上那平坦宽阔的高速公路，一日千里，奔向更加辉煌的远方。

三贤之首唱刘因（西河大鼓）

开 篇 词

容城古县数千年，人杰地灵万代传。

贤人辈出著史册，鼓板儿一打说三贤。

（唱）拒马河畔沟市村，

在元朝出了一个大名人，

“容城三贤”他是头一个，

皇封的“容城郡公”名字就叫刘因。

刘因的家族是书香门第，

祖上三代都是宋朝的官人。
他的父叫刘述曾做过县令，
性情耿直学问也精深。
有一天夜晚他做了一个怪梦，
见神人马载一儿进了他的家门。
第二天生了个儿子全家都高兴，
起名字梦吉大号叫刘因。
刘因他从小就聪明绝顶，
他的父老年得子更倾注了爱心。
尽身心育儿教书授课，
小刘因三岁识字六岁能诗八岁就能文。
可好景不长他的父亲一病故去，
相依着继母日子过得很清贫。
贫贱不移他的意志坚定，
日夜苦读历尽了艰辛。
博览群书他的学业大进，
办学堂教学童静以修身。
思南朝续汉学闻名朝野，
学识高名望大满腹经纶。
元成祖下诏书请他把高官来做，
加封他“赞善大夫”资政翰林。
保气节他不做那元朝官吏，
蜗居乡里甘受那清贫。
教书著述侍奉着继母，
维护着汉文化做个“不召之臣”。
学高德范他的名声高远，
著书立说博大而又精深。
理学传宗举世都公认，
名冠元初是个多产的诗人。

《静修集》诗文广行于天下，
八百首诗词留给了子孙。
元成祖钦佩他的好骨气，
追封他“容城郡公”世代仰钦。
御赠他谥号为“文靖”，
从祀在文庙供奉着英魂。
他死后就葬在拒马河畔，
灵魂永伴着故土的乡邻。
气节凛然人神共仰，
河水泛滥都不冲他的墓坟。
“贤冢洄澜”成了容城的一景，
贤人的功德传颂古今。
到明朝出了个弹劾权奸的杨继胜，
赤心报国是个匡国的忠臣。
在清初又出了个孙奇逢，
北方大儒继前贤续后昆。
这三人虽属三朝年代远，
却同是一脉相承气节的延循。
学识都渊博气节都刚正，
容城人传承着三贤的精神。

看如今：
千年古县青天地绿，
三贤故里万象都更新。
三贤广场恢宏又气派，
三贤的雕像激励着后人。
城乡处处铺满了锦绣，
高楼叠起直插向天云。
百姓的生活越来越好，

芝麻开花乐享着天伦。
咱容城变化一日千里，
三贤回眸也赞叹开心。
咱容城人协力共筑中国梦，
美好家园辉煌满乾坤。

高楼大厦我的家（数来宝）

甲：打起竹板儿走上台，
兴高采烈唱起来。
乙：今天的演出真精彩，
歌声如潮花如海。
甲：你唱歌，他跳舞，
又拉胡琴又打鼓。
乙：旋律悠扬彩旗飘，
台上台下热情高。
甲：晚会气氛实在好，
我们俩说段数来宝。
乙：哎，数来宝，最来劲儿，
咱就说说家乡事儿。
甲：对，未曾开口意气发，
给大家说说我的家。
乙：（白）哎，先打住，说你家？——
你有家，我有家，在座的人人都有家，
家家都是寻常事儿，何必在这白费劲儿。
甲：叫老弟，别烦恼，我的家不同寻常实在好，
下有地，上有天，我就住在白云间。
乙：你的话使我闹不清，莫非你是玉皇大帝住天宫？

白云悠悠绕身边，周围有天兵天将众神仙？

甲：老弟你想象真丰富，我家就在县城住，

居高临下观景象，赏心悦目真舒畅。

乙：老兄你说得有点神，难道你不是平常人？

在家能看到啥风景，纯粹是忽悠把人哄。

甲：老弟你还别翻脸，听我给你细指点，

东西南北看周全，我权当是个解说员。

乙：好好好，你解说我观看，大家也听听做裁判，

你要是说得不沾边儿，你赶紧下台去浇花。

甲：叫声老弟你上前，先站在窗前看正南，

座座高楼平地起，鳞次栉比多壮观。

再踮起脚尖向前看，高速路上车成串，

来来往往车真多，大车紧追小汽车。

飞速发展大路宽，像不像城市建设专题片？

乙：嘿！看得清，看得见，果真一条风景线。

甲：往东你再看新鲜，古城新貌入眼帘，

金台路上店铺多，买卖兴隆货物全。

你细看，那伙人服装买得可真多，肩扛手提上了车，

满面春风带笑容，连说带笑兴趣浓。

景色鲜明有生气，像不像观看电视剧？

乙：好，有生气，大变样，古城焕发新景象。

甲：看过东面向北瞧，碧野无边起波涛，

拒马河边田园美，翠柳长堤东流水，

高架铁路正兴建，北关外在建火车站，

交通建设工程大，小县城快步奔向现代化。

万象更新兆祥福，像不像家乡建设全景图？

乙：好景象，喜心田，中华美梦定能圆。

甲：最后再往西边看，服装企业连成片，

工业园区规模大，气派恢宏传天下。

晴空万里艳阳天，远看能见狼牙山，

晚霞灿烂夕阳红，赏心悦目老还童。

色彩斑斓幅面大，像不像长卷风景画？

乙：哎，四面风景看一遍，好像这景色寻常见，

东西南北凑一起，你家到底住哪里？

甲：老弟你息怒莫生气，其实咱俩是邻居，

低头不见抬头见，出门进门常会面。

乙：嗨，你伶牙俐齿挺能说，东拉西扯废话多，

简单事情偏绕弯儿，两家同顶一片天儿。

合：我们俩志趣相同意风发，高楼大厦是我家。

同在一个小区住，就好像住的上下铺。

乙：你拐弯抹角嘴不闲，赞美的就是咱家园，

高层住宅条件好，我的感受也不少。

甲：既然你的感受多，也给大家说一说。

乙：好——

打竹板儿，运运气，我的感受很实际，

不像你，卖弄才学作虚功，云山雾罩假大空。

甲：嗨，你就快说吧！

乙：座座高楼新建成，楼群漂亮是高层，

巍峨耸立插云天，气势豪华不一般。

我家住在十八层，好像神仙上九重，

电梯升降稳又快，省时省力挺自在。

塑钢门，玻璃窗，前后通透好采光，

又干净，又朝阳，冬天暖来夏天凉，

高层居室暖心房，美好的生活似蜜糖。

站在高处往下看，东南西北都看遍——

甲：嗨，你就别提那茬了——

合：高楼大厦有我家，百花园中绽奇葩，

国富民强家家美，福星高照千万家！

郭同权

郭同权，男，1958 年生，雄安新区容城县西堑村人。容城县作家协会会员。

1973 年初中毕业后，务农四年。1977 年冬，恢复高考后考入河北涿县师范理科专业。1979 年毕业后在容城野桥中学任教。1995 年自学毕业于保定师范专科学校。1990 年开始任校长、学区校长。2010 年退居二线赋闲在家。

作品选读：

忆秦娥·雄安新区成立有感

城市梦，历代先人心躁动。心躁动，梦幻成真，即将甫成。　　兴亡成败有阵痛，侪辈担当子孙兴。子孙兴，功在当代，利在千秋！

西江月·致雄安父老

高祖世栖沛县，称帝龙居长安。平常人安土重迁，难脱凡夫俗缘。　　习总巨手一挥，新区朝夕嬗变。吾辈担当瞬时痛，万事功德圆满！

咏　人　生

人生如花春夏荣，待到秋冬渐凋零。
横刀立马曾几何，暮来犹思唱大风！

王连成

王连成，笔名诚言，男，1963年生，雄安新区容城县东李家营村人。河北省作家协会会员，保定市作家协会会员，保定市音乐家协会理事。

曾任教师、秘书、新闻科长、乡镇干部、中共容城县委宣传部副部长兼文联主席。

王连成自幼酷爱文学，1991年开始公开发表文学作品。作品散见于《农民日报》《中国改革报》《内蒙古日报》《河北日报》《保定日报》《保定晚报》《青春岁月》《荷花淀》《霸州文苑》《甘洛文艺》等报刊。已出版个人作品集《怀念母亲》《雨后清晨》《岁月如歌》等七部，主编出版《闪光的足迹》《当代容城诗文集》，有多篇作品获市级以上奖项。

作品选读：

大海遐想

大海，我来了
也许那种渴望期待了太久
投入你的怀抱
亲吻着

分不清是海水还是泪水
一起奔涌
我听到了你的心跳
看到了你的容颜
涛声回肠荡气
蔚蓝闪烁光辉
银色的浪花
金色的沙滩
海鸟的鸣唱
让我忘记世俗的刺伤
让我懂得生命的顽强
大海，你终于托起我的梦想
我该做自己的舵手
驾生命之舟
扬帆远航……

秋　叶

一阵凉风袭来
相约深秋的时节
悄然而至
明媚的春光
炎炎的夏日
连同花的烂漫
绿的无邪
开始变成记忆的岁月
拾起一片发黄的落叶
伤感与无奈在心田飘落

曾经靓丽的身影
怎不怀疑如今
遍地的自己
注定生命的轮回与脆弱
让我们去深深地思索……

那一场雪

当冰河解冻的声响起时
你轻轻地划过天空
看着你在飘
心情好冷清
听着你无声
追忆往昔梦
该不该放飞心中的悸动
任凭思绪天马行空
该不该感受上天的恩赐
让我和大地一起欢呼
你不要停下来
我干涸的心已经太久太久
你不能随风去
我缠绵的心太累太苦
你融在我心中
理智和躁动
有谁能读得懂

致 YM

在孤独的河里
我见到你虚幻的脸庞
在忧愁的折磨中
耳畔传来你温柔的声音
偶然，就是那么偶然
你如洁白的精灵
飞至我的窗前
让我爱慕你的质朴
你的纯真
甚至你脸上
有时痛苦的皱纹
寂寞的时光
见证思念的分量
涌动的激情
驱散往日的遐想
我的灵魂渐渐觉醒
你在哪里
为何总走不出昔日浓重的阴影

感　悟

偶然相逢
早已不该悸动的年龄
却释放春天般的激情

望着你的目光
时而温柔
时而冷落
望着你的身影
淡入淡出
渐行渐远
我的灵魂深陷
我的思念茫然
感谢上苍
与你邂逅
我不再孤单
不再虚荣地承受撕裂的情感
感谢时光
我曾经的孤苦
不只写在纸片
还有一个人默默分担……

伤　逝

岁月如云
柔情似水
远航的汽笛又开始奏响
装满哀愁与忧伤
载满爱情和希望
起航
不知驶向何方
我伫立码头
目送永不消失的航线

风的萧瑟
雪的寒酷
雨的倾泻
光的刺眼
半醉半醒中突现
好想钟情信守每一刻每一天
无奈在时光的隧道常迷失茫然
我只有在曾经停泊的港湾
寻找失落的记忆
开始真诚的呼唤

庄梦醒

庄梦醒，又名庄建民，男，1964年生，雄安新区容城县沙河营村人。容城县作家协会常务副主席。本科学历，先后毕业于保定师范专科学校、河北省委党校、中央广播电视大学。

自幼爱好文学与写作，广泛阅读各种报刊和文学书籍，小学时所写文章常被老师当作范文传诵。中学期间，曾任容城县“小荷”文学社社长兼主编。“小荷”文学社曾在全国五千家文学社评比中获得第十七名，庄梦醒因此受邀参加首届全国中学生文学夏令营及首届“黄河笔会”作家文学座谈会。大学期间，曾担任保定师范专科学校团委组织助理、摄影协会主席、校刊《百草园》编辑。毕业后多年在教学第一线担任中学语文教师，现在容城县教育局工作。

主要作品有《卒与车》《盛筵必散》《纪念碑前的沉思》等。另有《你说》《走吧》《此时，你是一尊雕像》等作品见于网络文学贴吧及论坛。《千年雄安》是他在雄安新区设立后，第一时间创作的关于雄安题材的抒情长诗，被誉为“雄安第一诗”，并荣获“我为新区做贡献”系列文学征文评比活动二等奖。

作品选读：

千年雄安

无论
背映晨晖
还是晚霞
无论
面对旭日
还是夕阳
不管
窗前还是门口
不管
村头还是溪旁
赶紧着
赶紧着
赶紧按下
你手中的快门儿
把你
祖祖辈辈
居住的老宅
还有你
曾经
新婚燕尔的新房
把它们
把它们一起
深深印在你的心上

连同
生你养你的村庄

这一次啊
这一次可不是
此去经年
迟早归根
梦中的故乡
这一趟啊
这一趟可不比
儿行千里
早晚回到
母亲的身旁
这一回
这一回是
霹雳一声震天响
一石激起千层浪！

此一别呀
此一别
你再也见不到了哟
老院里
发芽的椿树
门旁的丁香
还有窗前
那口老旧的水缸
此一别呀
此一别
你就

永别了
你的老街老宅
永别了
你故乡的村庄

可是你啊
可是你不要
叫依依的情怀
掩去你喜悦的笑容
不要让
苦恋的忧伤
遮掩你激动的泪光
你懂得呀
你懂得
你懂得你这一次
扶老携幼
打点行囊
这可不是
这可不是
躲饥逃荒
背井离乡
这可不是呀
这可不是
四海漂泊
天涯流浪
你呀
你懂得
你这是要走在
千年民族

千年复兴
千年的路上
你知道
你知道啊
旧屋老宅没了
我们会住
现代化的
花园新房
坛坛罐罐丢了
我们会有
智能化的家具电器
更好更强
利益得失
这一次呀
这一次
可不是用金钱来衡量！

我们幸运啊
我们自豪
我们幸运
我们有一个高瞻远瞩的党中央！
我们幸运
我们的时代如此的辉煌！
我们自豪
我们自豪
我们是雄安新区人
我们
站在了
千年民族复兴的起点

我们站在了
世界仰望的高冈
一声
“千年雄安，
雄安千年！”
多么的荣光
多么的嘹亮
多么的
任重而道远！
又是多么的
荡气回肠！

往事越千年
我们千年不悔！
千年等一回
我们骄傲千年！
我们不悔
我们今天的离舍
我们骄傲
我们今天的坚强！

当时光飞度一千年
当神州度过千年的时光
即使
这个世界
没有了我们
任何的痕迹
也没有谁给我们
树碑立墙！

即使
我们就是一颗流星
划向千年前
天际的远方
可是
我们在天堂
向着我们世代的子孙
向着千年的雄安大地
我们敢
大声地讲
我们
你们一千年前的祖上！
为了
国家千年富强
为了
中华儿女百代隆昌！
为了
民族复兴
千年的中国梦想！
我们
雄安大地的
匹夫百姓
父老乡亲
我们
曾经
做出过奉献！
我们
曾经
做出过担当！

船的梦

海的那边是一道岸
海的这边是一片帆
海上有的是风
船上有的是梦
茫茫的远灯
是那高远的夜空
垂落的星星
迷乱的灯芒
是星星们疲醉的眼睛
和着涛响
一齐呼喊的
已不再是从前
少年清脆的童声
风还是在吼
水依然在流
小船艰难地呼吸
它要解开心底的缆绳

此时，你该是一尊雕像（节选）

（一）

冬去春来
暑归寒往
一年一年的时光哟

飞一样地流淌
当
原野中的芳草
又绿过了沟冈
庭前的杏花
又红透了围墙
阳春三月的和风哟
携着桃李的芬芳
吹进了三十多年的梦乡
吹到梦里
一个叫作“曾经”的地方
梦里的“曾经”哟
梦中的怀想
还都是你三十年前的模样

老师
此时，你该是一尊雕像！

（二）

像童年
伫立在静谧的夜色下
凝视着天上的月亮
似少年
巡行在清晨的河边
把对岸的杨柳张望
面对着你啊
就像是坐在
三十年前的课堂
还真有些

像从前一样的紧张！
内心紧锁的禁地
让给了滔滔不绝的倾诉
千言万语的表达
怎么能够诉尽衷肠！
抹不去的
遥远的记忆
从岁月的深潭中浮出
搅动起我感情的波浪
怀旧感恩的
浓浓的情绪哟
在我的心中激荡

老师
此时，你该是一尊雕像！

（三）

记忆像一叶小舟
颠簸在历史的海洋
思绪敞开了
所有的门窗
梦中残留的碎片
拼接成缤纷的画廊
即使离你很近
悠悠的思想
拽不住扇动的翅膀
追寻着梦的远方
只有视线
顺着你的背影

曲曲弯弯
久违的你
已不是
梦里记忆中的模样
岁月的风蚀
竟使你
如此大的改变
不由令我感慨万千
你的容颜
就像
我们的童年
我们的少年
真的留在了世纪的那边？
记忆中的一头秀发
已飘不成黑色的云
渐白渐秃的两鬓
提醒我渐行渐远的当年
那曾经红润的脸庞
何时刻满了岁月的沧桑
只有你回眸的目光
还是那样的坚毅哟
还是如此的慈祥！
我猜想
你那宽阔的胸怀哟
还会像从前
那样的无私！
那样的坦荡！
那样的敞亮与宽广！
我看到

你那曾经挺直的脊梁
还是像当年一样哟
依然是雄风傲骨
那样的坚强！
那样的棒！

老师
此时，你该是一尊雕像！

（四）

带着童年的天真
带着顽皮幼稚迷惘
是你把我领到小课桌旁
从此告别哟
牵惯了
妈妈的衣裳
再也没有离开过呀
你慈祥的目光！
还记得
你启蒙的第一讲
“好好学习，天天向上”
你精心地想把幼苗哟
培育成栋梁
也许
你也有过失落彷徨
也许
你也有过悲怆凄凉
可
我只记得你啊

曾经
那样的年轻
曾经
那样的健壮
曾经那样的英姿飒爽！
你用你的青春和汗水
把对我们的期望
写在简陋的黑板上
用粉笔涂成
洁白的云
化成我今天感恩的诗行
你潇洒地挥舞
手中的教鞭
指点着江山
慷慨激昂
忙碌在三尺讲台上

老师
此时，你该是一尊雕像！

张运生

张运生，男，1964年生，雄安新区容城县人。容城县作家协会理事，容城县文联委员。现任容城县南阳中学党支部书记。主要作品有《秀才“马阴阳”传奇》《疙瘩瓷的传说》。雄安新区设立以后，创作了《雄安诗文集》。

作品选读：

秀才“马阴阳”传奇

明朝万历年间，在县城东部尹庄、马庄一带出了一个风水先生，此人姓马，人送外号“马阴阳”。关于此人的真实名字和真实住址已无从考究，但在民间却有许多关于马阴阳的离奇故事在世代流传。

据说，马阴阳原为一乡间书生，人们原来称呼他为马秀才，只因乡试屡试不中，心灰意冷，所以一气之下发誓再不考取功名，专心在家耕种，服侍家中二老。父母念其已近成年，所以就为其迎娶邻村刘氏女子为妻。婚后男耕女织，夫妻二人相敬相爱，却也其乐融融。

因马秀才识文断字，熟读经书，所以村里常有人求其代写书信、文书等，马秀才也从不推辞，因此在乡间人缘甚好。

有一年夏天的晌午，天气异常炎热，蝉儿在树梢叫个不停，让人心烦意乱。

马秀才因怕热心无睡意，于是随便在大街闲走。正行走间，忽见村东老槐树下有一白发老者躺在地上呻吟，马秀才急忙上前观看，但见老人已呼吸微弱，奄奄一息，于是他马上将老人背回家中。老人喝了些米汤之类的解暑食品后，渐渐苏醒过来。原来老人是一位云游道长，因天热中暑而昏倒，幸被马秀才及时救起。老者醒后对马秀才千恩万谢。马秀才执意让老人多住几天，无奈白发老者坚持要走，临走时还送给了马秀才一本奇书。他嘱咐马秀才务必对书中内容牢记于心，将来做事一定要善行天下，慎思笃行，千万不可妄自菲薄，见利忘义，且此书切不可外传。马秀才点头称是，并与老人挥泪惜别。

从此，马秀才就像着了迷一样，每天足不出户废寝忘食，日夜研读此书。究竟书中写了些什么，外人无从知晓，就连他的妻子也不知道。于是家里老人及乡亲们就对他有些看法，说他不务正业、死啃闲本，简直就是一“书呆子”。对此，马秀才不去计较，仍然每天我行我素，家人对他也只是摇头叹息。

一晃几年过去了，这一年正赶上北方大旱。这天马秀才从村边经过，正好遇见邻居刘二手执铁锨、肩挑土篮正准备去挖井抗旱。马秀才走上前去忙说：“二哥听我一言，先暂且不去挖井，我断定一两日之内有大雨降临，你可先等等再说。”刘二听罢仰天大笑：“天晴万里，不见半丝乌云，你莫不是白日说梦吧。”说完头也不回地挖井去了。然而，他白天刚挖了一半儿，夜间忽然大雨如注。可怜刘二哥的土井顷刻间就变成了烂泥潭。人们听说此事后将信将疑，有人说马秀才是随意间言中。

第二年的春天，王家大女儿出嫁，原定于三月初三要大摆筵席。马秀才听说后马上上门相劝，说三月初三为冬、春季节交替时节，可能会有雨雪天气。王家人思索再三，决定将婚期再推迟几天。果不其然，在三月初二的夜间就刮起了大风，寒风中夹杂着雨雪，雨雪天气一直持续到初三下午。

因为那时并无天气预报，于是人们就在私下里议论纷纷，说马秀才肯定是从老人那儿得到了阴阳奇书，受了老人的点拨真传，所以才上知天文、下知地理，能提前预知天气阴阳之变化。从此，“马阴阳”的大名就渐渐传开了。

自从发生了上面的故事后，三里五乡的男女老少都知道了马阴阳的厉害。于是，乡亲们无论谁家有个大事小情、邻里间抬杠拌嘴，特别是遇到动土搬迁、迁坟立墓之类的事情，总会想到请马阴阳去指点迷津。而马阴阳也总是乐此不疲，欣然前往，而且从不收取半点钱财好处。

这样时间一长，马阴阳的妻子难免会心生抱怨，说你整天走东家、串西家，家里的事情耽误不少，你有本事也为咱家里看看，看啥时我们也能享受荣华富贵呢？

马阴阳听后淡淡一笑说：“生死由命，富贵在天；该你既得、非你莫想。如若不信，今晚就可一试。”妻子说：“试就试吧。”

马秀才对妻子说：“今天集日你去买一条红鳞鲤鱼，晚上我不在家吃饭，你炖好鱼后可关好院门，独自享用。记住先吃鱼头，再吃鱼身。只有吃掉鱼头日后才有富贵。”妻子满口答应，依计而行。到了晚上她将鲤鱼炖好，关好院门，拿起筷子刚要享用，忽听院外有人急急敲门。本不想开门，但敲门声渐大，于是放下筷子前去开门。原来是邻居家刘二嫂来借针线，一进门就说：“久不开门，原来你在屋里吃大鲤鱼啊，这鲤鱼头肉少味腥，让我把它消灭掉吧！”说着一筷子下去，鲤鱼头就到了二嫂的嘴里。马家妻子见状欲言又止，苦不堪言，只好赔笑将二嫂送出家门。

第二天，马阴阳回家询问妻子，昨晚吃到鲤鱼头了吗，妻子摇头叹息说，我可没那口福啊。马阴阳听后好像早知事情的结果一样，无奈地摇了摇头。

光阴荏苒，日月如梭。眨眼间马秀才的大儿子也已长大成人，他见老父整天东村看坟，西村看地，于是就心生怨恨。这天午饭间，儿子对马秀才说：“你整天为这家看风水，为那家选吉日，怎就不为自家算算，看何时咱家也能发大财，过上好日子呢？”马阴阳听后苦笑道：“日子好坏并无大碍，关键是家宁人安。”儿子反驳道：“既然你不能让咱家发财，那你的所作所为岂不都成了欺人之谈？”马阴阳说：“人心无举，贪心无厌，如果你不听我的话，今天傍晚你可去村南小树林照我的吩咐去做！”

儿子说：“我该如何去做呢？”马阴阳对儿子说：“今晚在村南小树林将有三位客官由此经过，你相中哪位朋友便可上前招呼此人，注意相不中者千万不要惊扰人家。”

这天傍晚时分，马家儿子早早便来到村南小树林边。林中有一羊肠小路，穿过此路可直达白洋淀边。正在马家公子低头寻思间，忽见一白面书生从此路过，只见此人面白如纸，身体虚弱，走路东摇西晃。马家儿子心想，我自健壮，此人虚弱，怎能与之交友，我不打招呼就放他过去吧。又过了一会儿，又走来一位中年男子，只见此人面黄肌瘦，边走边干咳不止，一看就是个身染重病的“病秧子”，马家公子对其心生厌烦，也放他过去了。就在此人后面约十几步的地方又急急走来一位男子，只见这位汉子面色紫黑，黑里透亮，虎背熊腰，肩宽体壮。马家公子眼前一亮，马上走上前去深施一礼，说：“我愿与客官交个朋友，不知客官意下如何？”黑脸男子说：“太好了，我乃白洋淀边渔民，今日天色已晚，他日一定登门拜访。”马家公子点头称是。

第二天天亮，马家公子就把自己昨晚的经历告诉老父。马阴阳听后哈哈大笑：“什么三位客官，你昨晚所遇之人实乃银、金、铁三位仙客，你以貌取人把白银、黄金两位仙客放过去了，而只乐意与黑铁仙客结交。一会儿快去林边老柳树下挖掘，看将会发现什么？”

马家公子听后半信半疑，于是带上铁锹等物忙去村南小树林边树下挖掘，果不其然挖出了几块生锈的废铁。

马家公子从此以后再也不心存非分之想了，他专心务农，因而也过上了衣食无忧的生活。

据说，马阴阳活到七十高龄，他临死之前早就为自己选好了一块风水宝地，但别人并不知晓其具体位置。他临死前曾嘱托儿女们：我死之后不用厚葬，不用棺椁成殓，不要惊扰乡邻。内穿平时旧衣为寿衣，外用竹席包裹即可，另用细麻绳相缠竹席秘密发丧，出村向东南方而行，何时绳断何时便挖坑下葬。但马阴阳死后，家人顾及脸面为其买了一口薄皮棺材装殓，并用粗麻绳抬棺秘密发丧，结果出村走了两个多时辰，一直走到白洋淀边麻绳也没断掉。于是家人就在岸边高处选了块地方将马阴阳埋葬了。正赶上这年夏天阴雨连绵，白洋淀发大水，马阴阳的坟地在大水中被冲得踪迹全无。

结果第二年的春天，白洋淀被大水冲过的地方长出了一种神奇的水草，这种草晴天看上去是绿色的，阴天看上去却是蓝色的，淀边的人们把它叫作“阴阳草”。人们说，这草就是马阴阳的化身。后人曾有诗赞曰：“城东有士马阴阳，指点迷津走四方，不图功名与利禄，化作春泥育芬芳。”

雄安公仆万民赞

总书记报告论雄安
新区美景在眼前
规划尖端高起点
标准建设新家园
眼光观世界
特色要体现
千年大计万众加油干
白洋淀畔红旗招展锣鼓喧
你要不相信哪
请往这近前看
咱们的新区东
津保公路南
这如火如荼改地又换天哪
有许多好干部
都把功劳建
早出晚归
是天天没时闲
这公仆们
为咱百姓万民称赞

周志永

周志永，笔名（网名）中子、一绿浮萍，男，1964年生，雄安新区容城县人。容城县作家协会主席，保定作家协会会员，中华精短文学学会会员，《中国少年报》《保定晚报》通讯员，中国文联“2017铸梦班”学员，雄安新区演讲与口才研究会副会长，《容城文苑》主编，“程立娥文学俱乐部”签约作家。

主要作品：诗集《桃花雪》和散文集《往事，干杯》等。部分诗歌如《鸿雁和鱼的传说》《爱，不在乎距离》《那一刻》等收录于《当代抒情诗选粹》等书籍。另有多篇文字散见于《保定晚报》《星星诗刊》等纸媒和“红袖添香”“片海文学”等诸多网络、文学公众号等新媒体。

作品选读：

梦

梦
悄悄
在路上
在某一天
风吹绿了柳的时候

就一句话
重重地砸在
毫无准备的心田

梦
匆匆
在心上
在灵魂中
睁眼时
却不知驻跸哪片海的岸
留下许久不去的涟漪
结实地挂在岁月的枝头
瘦得只剩下主人公时
依然擦不掉故事的叶脉

梦
跨时空的梦
最苦的思念
在每一次太阳升起时
仍闭眼深深留恋

梦
完不成的梦
把最远的风景
用时间慢慢凝华为
陈年的美丽钟情

你
只是路过

捡拾了认为惬意的春
随意抛洒一个妩媚
让我的色彩斑斓起来
而我
为了虚无缥缈的梦
要用一生典藏
驿动的心坎

晚 秋 的 叶

当晚秋的绿叶渐渐泛黄
它述说着难掩的悲伤
它知道初冬的寒风
即将褪下它心爱的绿色梳妆
告别他生活奋争的地方
带着三个季节的记忆皈依故乡

叶在秋风里哭了，带着花腔
任凭南飞的大雁列阵抚慰
任凭欢欣的麻雀朝夕依傍
它仍旧摇曳身姿在风里哀伤
想着曾遮挡过的似火骄阳
想着给人带来的气息清凉
想着恣意纵情雨打风狂
想着生命的坚韧与顽强
不惧春寒的熙攘而破芽绽放

叶，随风拭去泪水

挺着已经弯曲的脊梁
向蓝天白云挥挥手
和给它力量的枝茎最后一次相拥
毅然把所有的渴望统统释放
留下超然的模样
勇敢地接受大地的召唤
赶赴叶们永恒的营帐
直至把仅有的能量聚集起来
留给明年的花和果实受享
它才放心地魂游四方

兄　弟

小青已经十多年不回家过年了，这天他与同事相伴游黄山，突闻父亲病重，顺路才折回家中。

当日，父亲病情稍稍稳定后，他便匆匆回城了。

一同事说，小青，看见你家院中的黑木头了吧，那可值老钱了！小青心里咯噔一下，瞪眼不信，不过暗地里特意就此事花钱咨询了相关收藏专家。专家讲：根据你所描述的形状，那应该是阴沉木，那么大的一堆估价至少得一个亿。

一个亿！小青像祥林嫂似的不断叨唠这三个字，但他很快冷静了。

两天后，小青返回老家照顾父亲。看见哥哥大青把阴沉木劈开烧水做饭一点不心疼，小青急在心里，又不便明说，赶紧麻利地买回电磁炉、电饭煲等炊具灶具。

大青感念兄弟之情说道：还是弟弟疼哥哥呀！大青很小就辍学，靠下海捕鱼艰难度日，全力支持小青上学。小青如愿以偿，顺利考上大学，在城里有了体面工作。娶妻后，小青好多年没回家了。原来是父子三人相依为命，后来是俩光棍早晚相对。几年前，父亲腿关节严重变形，不能下海，便在无事时刨些被海水冲刷出来的黑黢黢的木头，弄回家当劈柴烧。

父亲早已病入膏肓，不几天，一命归西。丧事完毕，大青力主分家，小青显得很大气，说，这么多年，全凭大哥照管父亲，我也没尽到孝道，怎么有脸分家产呢，大哥，我什么也不要！

大青实诚，见拗不过小青，便找来村长做中人再度说和。几番推让，小青说，大哥非要分家，我也不好过于推辞，但家中一切都归大哥，我只要院中的木头，算是对父亲留个念想吧！

任凭大青苦苦相让，小青意志坚定，鼓动村长赶快立下契约。大青无奈，感激得签下字并摁了手印。

村民闻之，感叹小青为人不忘本，明里暗里挑大拇指称赞。

小青不露声色地雇了一辆大卡车，一次性将半院子木头拉了个精光，抹着泪和乡亲们告别。一路上，他勾画着自己将来的贵族日子有些飘飘然了，什么马云，什么李嘉诚，我也是有钱人了嘛！

这的确是阴沉木，估值上亿元不虚呀，只不过这玩意儿……

收藏家左看右看好半天，欲言又止。小青兴奋地追问，只不过什么？

这木头在阳光下晒得太久了，失去了油性，太可惜了，已分文不值！收藏家摇着头叹息着走远了。

小青傻傻地抚摸着花两万运费拉回来的阴沉木欲哭无泪。

半年后，家乡小渔村拆迁，大青获赔三百五十万，念及兄弟情分，他执意拿出三百万给小青，说，你在城里开销大，我就一个人，五十万足够了！

小青抱着大青，哥呀哥，悲伤地哭了。

王东芹

王东芹，网名下雨不收衣、一路花开，女，1966 年生，雄安新区容城县人。教师，容城县作家协会会员。

王东芹自幼酷爱读书，喜欢文学。1985 年就读于吉林省《作家》杂志社举办的函授学校，获优秀学员证书；1986 年于保定文学讲习班进修。之后长时间辍笔。2015 年之后重新拾笔，部分诗歌发表在网络平台。她平时喜欢海子、西川、顾城的诗。谈到自己的写作，她说："生活以痛吻我，我却报之以歌。不想能否发表，只愿默默喜欢。"

作品选读：

被遗忘的故乡

公交车绕行的村落
至今不能和自己的以往挥手道别
它们缓慢的步履
追不上急速坠落的时光
只有太阳记得这里
只有大风记得这里

那些远离故乡的人
也会在夜里
偶尔想起
故乡的模样
偶尔想起日渐消瘦的爹娘
麦子越长越短
回家的路
却越走越漫长
我是一个
生于此长于此
却注定不能埋于此的人
和故乡有关的记忆
正在
悄悄还给故乡
我已经变成
一个陌生人
我越来越苍老的
故乡……

我只想做一个放下屠刀的人

这辈子
我只想做一个放下屠刀的人
不和所有的生命为敌
吃斋，念佛，唱大悲咒
春天主动为
走失的阳光让路
夏天不惊扰打着赤脚的蚂蚁

秋色浓了的时候
把一声鸟鸣清洗干净
安放在梦里
听它夜夜敲响黎明的钟
最后
让雪花覆盖我所有的诗的骨灰
只说功德无量
只说花好月圆
只说事事美满
就像那一只伸出去的手
虽然空无一物
却依然保持着最初的形状

暮 秋

秋风每前进一寸
叶子和花朵就低矮三分
一场又一场的冷雨过后
另一场盛大的奔赴即将开始
就像鸟儿奔赴春天
就像
青春奔赴爱情
没有谁
为又一次凋零唱起赞歌
时光就这样老去了
你我就这样老去了
之后
世界无声

山水同色
无数的鸟鸣纷纷落地
无数的色彩黯然转身
无数的生命已虔诚皈依
只有风
还在任性轻狂地吹
只有寒意
裹挟着
瘦骨嶙峋的世界
这多像一茬茬
庄稼
被秋风收割又被春风
抚育
而世界依旧
低眉顺目
不悲不喜

迷　茫

很多时候
生活不好意思
直接道出悲凉
白房子
和灰房子肩膀挨着肩膀的北方
一切看起来
都是顺理成章
阳光明媚
花朵芬芳

你想露出的八颗牙齿
还没有辨别出风向
医院的走廊忽然那么悠长
谁家的鸟儿练习着尘世的问候
却依旧发不出人间的声音
这个五月
我的迷茫追随着迷茫
沧桑追随着沧桑

想起往事，鲜花就开满了山坡

对花粉过敏的人
白白有一颗爱花的心
这些年
我沉湎于风声、雨声
沉湎于各类鸟鸣
沉湎于人世间繁杂的事物
唯独不敢沉湎于你
想起你
想起过往
鲜花就开满了山坡

我们将被吹向何处

寒冷还在依依不舍
春天就已经开始了全面反击
只在一夜之间

无声无息
就占领了全部领地
柳怎样变绿
花怎样变红
小草怎样从衰败中
抬起头来
我们一无所知
一切都如此紧凑而恰到好处
就像那一缕横向的风
我们从来不知道它的出处
它却能在谈笑之间
指出春天的走向
站在季节的边缘
我们回过头来
只看见千年的风吹暖了
千年的岁月
却不见
千年的我们
被吹向了
何处

菩　　萨

来人间这么多年了
想去山上和你坐一会儿
去的时候，最好下雪
最好下到天下大白
到了庙里，你最好没有调过脸去

我只是想跟你坐会儿
人间的事我一句都不会说
你也就睁一眼闭一只眼
我不会占用你太多时间
在这之前，我会燃三炷香
三炷香烧完，我就要回到人间
你不用告诉我下山的路
下山的路千万条
哪一条都是通往人间
回来的时候最好雪还没有停
大雪纷飞
好像老天替我腾空了自己
人间又收留了一位白发苍苍的老人

在 人 间

有时候我是无骨动物
有时候我也是铁石心肠

仅有的一点泪水
献给了一场大风之后
扑进眼里的几粒黄沙

菩萨说，活不了人的时候
就看看天上的银河

那些闪光的石头
有几个会哭出声来

王会欣

王会欣，男，1966 年生，雄安新区容城县赵村人。中学高级教师，河北省优秀教师，保定市优秀班主任，容城县专业技术拔尖人才。现为河北省国学会会员、保定历史文化研究会理事、容城三贤文化研究会会员和雄安新区地名及标志规范指导委员会委员。

1989 年毕业于保定师范专科学校，1992 年至 1995 年在河北大学历史系进修本科。先后在晾马台中学、北张中学、南张镇教委、容峰中学、容城综合高中和河北容城中学工作。

他喜欢教师职业，“人愿跻身牡丹境，我愿俯仰桃李园”。他喜欢周游名山大川，探访博物馆院，在对历史文化的切身感受中积累教学素材。他喜欢乡土文化，并把这些元素融入自己的历史课堂。先后有《历史教学要把握好教科书中的关键语段和语句》《一场别开生面的农业高产大比擂》《论抗日民族统一战线形成过程中的几个步骤》《巧引导师语录，有效历史教学》《论太平天国定都天京》《性癖从来归视死，此身原自不随扬》等文章在《河北教育》《中学文科》《中学历史教学参考》《河北国学》等期刊发表或获奖。

作品选读：

佛域庄严　荡涤灵性

——明月禅寺小记

在津保公路容城王家营段路南约1.5公里的一块台地上，有一高大雄伟、金碧辉煌的殿宇。那台地，是河北省重点文物保护单位——建于商周时期的“晾马台”，而雄踞其上的殿宇，则是远近闻名的明月禅寺。

说起明月禅寺，历史真可谓源远流长。史料记载：“明月古刹始建于唐，毁于五代；再建于宋，毁于金元；复建于乾嘉，又毁于‘文革’。”千余年来，可说是三建三废。1993年，为繁荣地方文化，进一步落实党的宗教政策，满足广大信教群众宗教活动的正常需求，经原保定行署批准，容城县人民政府开始了明月禅寺的恢复、重建工作。

复建工作开始以来，四海贤达争相资助，八方信士踊跃输捐。经过多方二十多年的努力，明月禅寺的恢复建设已初显成效。明月禅寺中最具代表性的标志性建筑即为大雄宝殿。该殿坐北朝南，建在一方高约1.5米，由花岗岩铺面的巨大台基上。整个大殿为仿唐式重檐建筑，通高21.5米，长29.1米，宽24.05米，是目前华北地区最大、最雄伟的大雄宝殿。该殿檐牙高啄，雕梁画栋，由任丘古建队建造，由著名古建专家盛大鸣彩绘，由中国佛教协会原会长赵朴初居士题写殿额。在灿烂的阳光下，大殿显得格外古朴、庄重。

走进大殿，顿感佛域庄严。正中宝座上，高达五米的释迦牟尼佛神态怡然，慈祥和悦。据考证，如此高大的佛像，全部采用锻铜制造，这在古今中外，尚属首例。左右两边，则分别是佛祖两大弟子迦叶尊者和阿难尊者的站像，他们各合掌、抱拳于胸，似与佛祖一道，正迎送着八方来客。此外，大殿的东西两厢以及佛祖后侧，又分别塑有十八尊罗汉以及文殊、普贤、观世音菩萨和善才、龙女等，他们都各具情态、栩栩如生。殿内还设有佛鼓、佛钟等大型法器。寺里每行法事，钟鼓之音能传数里之遥。

走出大殿，台基南侧东西两边各耸立一高大石碑。其中，东边一幢阴面刻有原保定行署《关于恢复、开放明月禅寺佛教活动场所的批复》，阳面则刻有赵朴初居士的优美词作——《苍虬词·调寄〈临江仙〉》。词中写道："明月寺前明月夜，依然月色，如银明明，明月是前身，回头成一笑，清冷几千春，照澈大千清似水，也曾照澈微尘，莫将圆相换眉颦，人间三五夜，误了镜中人。"西边一幢，阴面空文，阳面则刻有《明月禅寺重修记》。该记共分三段：第一段概述古刹三建三废的沧桑历史；第二段则歌颂国运日昌、神州兴旺的大好形势，并简介寺院筹建以及前期运作情况；第三段则是一组礼佛妙语，并有诗文随后：古刹翻新月又明，白洋淀里水清清。晨钟暮鼓涤灵性，瑞霭祥云满蓼汀。

走下台基，踏上甬路，两侧则分别立有七座雕琢精美的汉白玉石灯，而正中却是一尊高约 3 米的黑色佛鼎。从铭文得知，该鼎为日本友人捐赠。沿甬路向前，南端是四幢古碑，分别为唐朝、明朝与清朝碑刻，因年久风化，碑上文字多已磨灭。再看东南，一株千年古柏傲然挺立！单说那树干之粗壮、树身之怪异、树冠之繁密，就足以令人叹为观止了。据载，这棵古柏为唐朝修建明月禅寺时所植。又传，北宋名将杨六郎在打败辽军凯旋后，曾率军驻扎于此。当时，他顺手把战马拴在这棵柏树上，谁知马动树长，眨眼工夫，柏树就已长粗了许多。抗日战争时期，一伙日寇侵扰至此，由于他们对古柏也颇感好奇，就想把它锯倒运回日本去，可谁知刚锯还不到两指深，古柏就流出了鲜红的"血液"（实为植物体液），直吓得日本兵赶紧跪地求饶，狼狈逃窜。

自古柏南行，又是一条甬路，只见东南侧又有一座殿堂，那里是六郎祠。祠堂坐南朝北，祠前塑一白色战马，正矫首昂视。祠的西面则是极富传奇色彩的古迹——歪脖儿井。

据传，北宋杨六郎被封为兵马大元帅，率宋军镇守溢津、瓦桥和淤口三关，以拒北国辽邦的进犯。有一年夏天，六郎与辽军打了一次大仗，辽兵一败涂地。后杨六郎又一鼓作气，率宋军把辽兵追出了几十里，来到容城境内。当时，因天气炎热、人马劳累，宋军便停止了追击，扎下营盘进行休整。可是，这一带严重缺水，全军人马都渴得要命，众军校只好到处找水喝。后来，好不容易才在一个村子西北角找到一口水井，然而，由于喝水的人马太多，靠一口井往上打水根本就供不上。杨六郎见此情景，也万分着急。忽然，他有了办法：他先命军卒紧贴井口外沿儿往下挖，待挖到大约一丈深以后，只见他双手搂住井筒，两膀一用力，“哎”的一声，硬把井筒给搬斜了！这样，井水便哗哗地流淌出来，喝得人欢马畅。从那以后，这口井便成了“歪脖儿井”。千百年来，这神奇而美丽的传说，一直在民间广为流传。如今，每逢三月十五庙会，从四面八方赶来的善男信女们，在向佛祖进香之余，也总是要争相饮用出自这歪脖儿井里的“圣水”，以求病解安康。

将士们喝足了水，也解了渴，就准备继续向北追击敌人。可这时，他们发现每个人的身上和每匹马的身上都沾满了尘土。于是，人们便互相拍打起来，拍打下来的尘土积少成多，最终堆成了斜井北边的一个大黄土疙瘩。这土疙瘩，后人就管它叫晾马台。

据寺院住持讲，如今明月禅寺的完成项目，也仅是整个规划中的一小部分，以后建设还会逐年进行。我们深信，有党的宗教政策做后盾，有各级政府及广大信教群众的鼎力支持，未来的明月禅寺一定能成为设施现代、环境优雅、规模可观的佛教文化圣地。

陈喜明

陈喜明，笔名思空徒，男，1967 年生，雄安新区容城县大河镇南文营村人。保定市作家协会会员，容城县作家协会会员。

1983 年初中毕业，考入涿县师范学校。其间受同窗影响，喜欢上了小说。同时，他参加了《杜鹃》杂志社文学讲习所的学习，系统学习了写作知识。师范毕业后，在容城职教中心任教。在几十年的工作和生活中，书籍和写作是他必备的精神食粮。

生于农村，长于农村，对脚下的土地感情深厚，难抑之时，常流诸笔端。作品散见于《保定晚报》《河北农民报》《荷花淀》等，并有作品收入《容城当代诗文集》。他愿用一颗朴实的心，书写着平凡和善良，做一个农民歌者。

作品选读：

儿 时 的 树

儿时生活清苦，许多物、事只要能和温饱挂上钩，印象就很深刻。为了调剂口味，许多物、事又都与吃能挂上钩。主要是两样：地里长的和树上长的。野菜从春天开始不断生长，荠菜、苦买菜、马蔬菜、银角菜、千穗谷、酸拉拉苗、地梨儿……树上长得虽少，但不乏入口的：槐花、榆钱、桃、杏、枣、桑葚，还有一种叫杜梨儿。

树是儿时的玩具，是儿时的游乐场，是儿时的杂货店……

杜 梨 儿

这种树非常少，村里一共只有三棵。其中两棵是克敏家的，长在池塘的北边坡上：一棵碗口粗细，直挺挺地长在一片榆树里；另一棵粗粗的，能当房柁用，身子斜斜地探到池塘里，我们在它下面的水里抓过鱼，却不曾吃过上面的杜梨儿。还有一棵是在去大营的道边，十二队队场的西边，临着池塘的坡上。顺着道边有一排树，其他都是枣树，七扭八歪的，只有它特殊，直挺挺地立着。不知道长多少年了，树干粗得能做房檩，有两房那么高，根部丛生着一些枝杈。杜梨儿的叶子卵圆形，鸡蛋大小，枝上有一寸多长的硬刺儿。

杜梨儿树的花是不好看的，一簇簇淡淡的白花隐在绿叶间。它的果实圆圆的，比黄豆粒儿大，黄绿的皮儿上有雀斑样的小点儿。青果硬涩粗粝，略带点儿酸，熟透了变成黑色，摘下一颗吃到嘴里，甜甜的、绵软软的。

秋天的时候，杜梨儿一簇簇挂满枝头，圆溜溜的诱人。明明知道是酸涩的，我们仍然爬上树去折下几杈，龇牙咧嘴地嚼，口里仿佛粘了一层木屑渣滓，舌头木木的。嘴里实在寡淡，那点酸涩多少解点儿馋。

成熟的果子好吃，人吃鸟也吃，老有灰喜鹊在枝头“喳喳”地笑闹。快熟的时候连枝带叶摘下来，放在坛子里或箱子里捂着，直到叶子变黑挂着一层白霜，再把熟透的果实摘下来放在碗里，捣成泥，有条件的再放点红糖、白糖，真是不错的美味。

因为摘杜梨儿的时候要折下树杈，所以主人是极不情愿的，每次见到了必定要把我们骂跑。

上小学二年级的时候，班上换了个新班主任，一个刚走出校门的高中生。他家就住在池塘的西边。下午放了学，新老师就拿把铁锹从池塘底往坡上扔土。我们放了学回家，走到杜梨儿树那儿玩儿，看见老师，觉得很新鲜，不知谁喊了一声：“文老师!”老师抬头，看看，不见人就接着扔土。我们很得意，觉得老师认不出我们，几个人就藏在树窠底下轮流喊，跟老师玩起了捉迷藏。老师不理茬，不声不响地接着扔土。这样过了两天，第三天下午要放学的时候，老师在班上说了这事，点了我们的名字，说我们只知道玩儿，不知道帮家里干活儿。这之后我们就再没有喊过老师的名字。点的名字中有一个人老师说错了，就是小生的姐姐小芬。她比我们大两三岁，因为照顾生病的妈妈到上学的年龄没上学，落下了，就直接插到我们班上二年级。下午放了学，她也跟我们一起在坑边玩儿，但她一次也没喊过老师。连她的名也点了，说明老师并没有认真追究的意思。

可惜，小芬最终只上了一年就又退学了，她要替代去世的母亲担起全部家务。想起她，就像吃了一颗青杜梨儿，酸酸的、涩涩的。

枣　树

枣树在村里是最普通的，几乎家家有，村边地头、墙角旮旯随处可见。我们村的枣树有大枣树、小枣树和铃枣树三种。铃枣很少见，只有老愣横家的院子里有一棵大的树，老刺猬家院子里有一棵很小的树，因为少，难得吃到铃枣。多的是大枣树和小枣树。小枣的肉劲道儿、甜，受到人们的偏爱，所以从挂红梢儿开始，主家就开始看护着。大枣个儿大肉暄，不如小枣甜，就没有这种待遇了。

我家的院子里有一棵大枣树，不知道什么时候栽种的，树干树皮露着沧桑，几十年该是有的。它的枝杈高过房顶，一枝正好就伸到前面街坊的房顶上，每年都结很多的枣，一串串的枣把枝条压得很低。

“七月十五花红枣”，刚挂红梢儿，人们就开始摘着吃了，淡淡的甜味儿带着芽子气。青枣不能多吃，不然肚子会不舒服，但挡不住孩子们嘴馋。大人也吃，不过多在蒸饽饽的时候馏熟了吃。

枣半青半红的时候又脆又甜，吃起来“嘎嘣”“嘎嘣”响，很是吸引人。孩子们的兜里经常鼓鼓的，玩耍的时候，不免要捂着衣裳的口袋。

小枣树略少。陈昆大伯家有一棵，在大门口里面的影壁墙边，每年枣红的时候，他家的二姐就搬了纺车在树下纺线，我们只能远远地看着一树红玛瑙样的枣流口水。村西张小二家临街有一排小枣树，粗壮高大，结的枣格外多。偏偏他家又太死相，不肯让人吃，哥三个轮流看着。可惜，树在道边，车来人往不断，看不住，每天都听见小四和他妈在门口骂街。然而，枣还是一天一天地减少。小顺家的那棵在村中央的道边，几乎是公共的。我们跟小顺从小一块儿长大的，从结了枣开始，小顺就拿着竹竿儿带我们打着吃。

“八月十五枣落杆”，中秋节前后枣熟透了，家家开始收。小顺的父亲带着我们打，一个人爬到树上摇晃，枣像雨点一样哗哗地落下来，砸在头上还真有点疼。摇晃不下来的枣就拿棍子打。簸箕、脸盆、筐头都派上了用场，最后归在一个大笸箩里，收获很可观。最后的报酬是每个人口袋里装得满满的。其实，捡拾的时候，我们嘴上没闲着，早吃够了，只是推辞不过。每次小顺的父亲都说晒干了过年的时候再给吃。

收的枣晒在窗台上，或是房顶上，红艳艳的一片，真喜人。晒干了收起来，过年蒸年糕、花糕再用。

小枣没少吃，是陈昆大伯家的二姐送的。二姐心灵手巧，家里地里都是一把好手，村里人都夸她能干。大妈去世得早，为了照顾弟弟妹妹，二姐的婚事就耽误下来，岁数很大了才出嫁。

也许是还不成熟，或是因为疏忽，总有打不净的枣风干在树上，在叶子黄了落了的时候，非常显眼地挂在枝头。我们叫它落喷枣。这些枣不长虫眼儿，肉更厚，也许是经了霜，更加甘甜。二姐常带我打落喷枣吃。后来，见到落喷枣就想起二姐。

如今，村子扩大了，老屋也不见了，家家建起了新的更高大宽敞的房子，院子也宽敞了，有了汽车、三马车，只是枣树都没有了。

过年的时候，朋友送了几斤红枣，赶紧给二姐送去一半儿。现在，二姐已是儿孙满堂，日子过得红红火火。

杏　树

杏，在儿时来说还算是较容易吃到的鲜果之一，苹果树、梨树没有，偶尔人家院里有棵毛桃。常见到的，除枣树之外，就是杏树了。

杏成熟得早，麦收的时候，大人劝孩子去拾麦子或是把场边的麦粒儿捡干净，就说用它换杏吃。其实，村里的杏树并不多，但都很大，有几十年的树龄。春暖之后，在其他树萌芽之时，杏树的枝杈上已开起簇簇嫩白的花，散发着淡淡的清香，而没有一片叶子。成群的蜜蜂不知疲倦地穿梭在花蕊间。温润的气息、淡淡的花香、嗡嗡的蜂鸣编织成一支春的交响曲。

具体地说，村里有五棵杏树。栓成姥爷家一棵，志强奶奶“老没牙”的院子里有两棵，村边张二家一棵，老乱大伯家一棵。杏是稀罕物，所以哪儿有杏树我们心里都有数，但并不一定能吃得到。老乱大伯家的院子深，张二家的结了杏之后总有人看着，这两家的从未吃过。成熟之时，那一树的杏黄实在令人馋涎欲滴，却又只能望杏兴叹。

栓成姥爷是个慈善可亲的老头，一脸络腮胡子，人很开朗，说起话来嗓门儿很高，大大咧咧的，人也特别勤快。他家的日子在村里是不错的，四间蓝砖房，一个小院儿，在院子的西南角长着那棵杏树，小半个院子就盖在它的树荫里。树的旁边有一口水井，井台上铺着大青石板，井口上立着辘轳架子。起初几年，村里人都吃这口井的水，后来克胜家挖了一口新井，来这打水的人才少了。井的周围种着马莲，长条形的叶子葱葱而茁壮，劈下来晒干了，来年可以做包粽子或是捆黄瓜架的绳。

因为是亲戚，那时我常跟着母亲去串门，所以年年都能吃到杏。一到杏熟的时候，母亲就说：到姥爷家吃杏去。每次去了，栓成姥爷就乐呵呵地拿竹竿给我捅十几颗杏。杏跟核桃一样大小，黄黄的挂点红梢儿，顽皮地在绿叶间一跳，然后就滚落到地上。我追过去，抓住，放进瓷碗里。姥爷说，桃饱杏伤人，不能多吃，最多三四颗。剩下的临走时装进兜里让我带回家去吃。

志强奶奶家的两棵杏树很大，却很难吃到成熟的，因为在熟之前就被我们吃得差不多了。志强奶奶是个慈祥的老太太，一双缠过的小脚，粗布衣裳总是那样干净整齐，嘴里一颗牙都没了，瘪瘪着嘴，人们都叫她“老没牙”，倒也没什么贬义，她也就不嗔怪。志强的爷爷不知什么时候去世的，从我记事的时候起，老奶奶就一个人住在这个院儿里。记忆里她总是背一个柳条筐，春秋时节拾柴火，麦收时节拾麦子，夏天拔草，从不闲着。她有两个儿子，志强的爸爸是小的，大儿子在北京郊区，她每年都去那里住些日子。

平时，我们几个常跟志强来这个院子里玩儿，看杏花开杏花落，过家家捉迷藏。杏花落了，嫩叶中挂起茸茸的青杏，我们爬到树上摘着吃。起初什么味道也没有，后来有了酸味，杏核也有了形，嫩嫩的一层白皮儿，里面一兜淡淡的苦水儿。再后来，长成个儿了，那酸劲儿吃了要倒牙。等到吃出点甜味儿了，树上已所剩无几。老奶奶经常骂我们馋猫，还劝我们等到熟了再吃，一回也没有实现。

春天，万物复苏，麦苗儿返青了，野菜长出来了。放学之后或是节假日，伙伴们背着筐头去打野菜，田畔、沟渠、麦垄间到处都是。偶尔，会发现一棵杏树的苗儿，那是去年扔的杏核发芽了。于是用小镰刀小心地连根带土挖下来，怕土散了就用力攥成一个疙瘩。回到家，在院子里不碍事的地方，刨个坑，种上。怕小鸡吃了叶子，周围用树枝围起来，心里就生起一个很大的希望。

那苗儿很耐活，浇几次水，就安家落户了，一年能长成一米高的枝子，两三年就成一棵小树了。“桃三杏四梨五年”。可惜，没有一次等到开花结果，那苗儿就不知怎么着了。若是能有一棵存活下来，如今该是很可观的一棵大树了，春天会开出浓密的簇簇的嫩白的花，夏天，收获一树黄澄澄的杏。

榆　树

榆树，可不能和杏树、枣树比。它没有艳丽的、哪怕淡淡香味的花，也没有香甜的、硕大的果实。它是那样普通，到处都有，随处可见。它的枝干不像杨树那样挺拔，也不像柳树那样婀娜，甚至，它的叶子和皮都更显粗糙。然而，对于村里人来说，它是那样实惠有用。它的木质比杨柳坚硬，它的皮可以做成面，它的叶子没有杨树、柳树叶子的苦涩，可以与棒子面儿和在一起做成多种美食以解决粮食的不足。它似乎没有花。春天的时候，榆树的枝条上，凸出一串串绿豆粒儿大的褐色的小疙瘩。那小疙瘩渐渐膨胀、变绿，最后变成榆钱，这已是它的种子了。

榆钱没有桃、杏的汁多甜润，但它是那样茂盛，一枝枝、一簇簇，带着淡淡的甜味儿，既是孩子们的零嘴儿又是饭桌上的食粮，让多少人挨过了青黄不接的春月。榆钱味甜而无毒，没有什么副作用，人们吃着很放心。

摘榆钱，墙头房顶上有，就登到墙头房顶上摘，高的就爬到树上，有篮子就捋到篮子里，没有就把枝杈折下来。那年，三子在伙伴们的撺掇下刚爬上树去，一把没抓住，顺树干滑下来，肚皮上被树杈划出一条一尺长的大口子。

阳历五月，树木枝繁叶茂了，榆钱儿也成熟了，于是，随着风“沙沙”地播撒。地上密密的白花花一层。适逢一场春雨洒过，不几日，坡坡坎坎、角角落落、房前屋后、院子里就会遍生一层密密茸茸的绿。那是榆钱发芽了。它的生命力是那样顽强，不论多么干旱都会生长起来。所以，许多人家的院子里、空庄窠地上都长着榆树。大多是自己长的，手栽的也有，少。

村里有两个地方榆树最多：一是老兜子大叔家的空庄窠上；一是小平家。经过老兜子大叔的修理，树长得快而直，成行成排。我们在树下跳房子、摔方宝、荡秋千、弹杏核儿。小平家在村南头，池塘的边上。那儿比较偏僻，榆树没有修理，长成了小树林。我和燕子经常到那儿玩过家家，用砖头瓦片搭起锅灶，树叶、杂草当蔬菜，枯树枝当柴火，做出“香喷喷”“热腾腾”的饭，“吃”得格外香甜。塑料布包上一块砖头就是个可爱的娃娃，哄他吃饭、睡觉，其乐融融。燕子是小伙伴里唯一的女孩子，到该上学的那年，她家搬回老家去了，之后好多年没见过面。初三那年，邻班转过来一个女生，细看，是燕子。她长高了很多，虽不是多么漂亮，却是亭亭玉立。她姐姐嫁的我们村，她在她姐姐家吃住。那天放学，我们一块走回家，只是不知道说什么好。初中毕业后，再没见过面。

小平家那片边上就是池塘，下去是一个大坡儿，坡顶儿上，有一棵一搂来粗的大榆树，树干弯曲着探下去。它的枝条垂得那样长，我们站在地上就能够得着，于是就拽着那枝条荡秋千：后撤几步把枝条绷紧，然后向前冲去，它的枝条那样柔韧又富有弹性，人就高高地飘到半空，下面是碧绿的水面，惊险而刺激。燕子在一边看着拍手叫好，有时也为我们揪心，跟大人告我们的状。当时，我们还埋怨她胆小多事，现在想来还真有点后怕。

曹小英

曹小英，女，1968年生，雄安新区容城县北关人。容城县作家协会会员。

从小喜欢读书的她的文学梦想源于小学一年级的语文老师。语文老师叫谢立艳，是一个漂亮的女知青。每次上语文课时，她总会给学生讲《匹诺曹》《拇指姑娘》等故事，每次五分钟。这些故事为曹小英打开了认识外面世界的窗口，让她惊喜地发现：用文字竟能写出这样神奇的故事，用语言竟能说出如此动人的话语。从此，她也给小朋友们编故事，幻想着长大也能写本书，当文学家。

高中时，学校创办了校刊《未名》，她心中那粒文学的种子终于有了发芽的机会。在此期间，她阅读了路遥的《平凡的世界》、刘亚洲的《两代风流》、曹雪芹的《红楼梦》等著作，并开始用文字记录生活中的喜怒哀乐，抒发青春所特有的幸福和烦恼。

1984年，她以改革开放为题材，结合自家事迹，写成小小说《嫉妒》（题目被改为《火》），后被《雁翎》杂志录用。

从教后，她在自己写作的同时，还多次指导学生参加县、市、省及国家级的作文大赛，并取得优异成绩。

作品选读：

追　　求

像蒲公英的种子
寻觅追逐着梦的土地
孕育希望

如向日葵的脸庞
执着迎接太阳的光芒
站成诗行

忘记从哪天开始
青春的藤蔓
突然挂起一颗文学的梦铃
伴着青涩的岁月回响

忘记从哪天开始
发黄的日记
记录下第一首自命名的诗
蓄满悲欢情爱的轻唱

寻寻觅觅　踉踉跄跄
啊　容城作协
就是我们的土地
就是我们的太阳

种子结出希望
脸庞绽放光芒
犹豫的日子
也不再彷徨

抒写春天的故事吧
歌唱雄安大地的铿锵
抒写千年的盛事吧
描绘国际都市的辉煌

静水听荷

汲地泽，沐天华
注定一身灵气霓裳
宁静致远，水中擎起希望
你在的地方即天堂
一路芬芳，且行且吟唱

禁得起
映日荷花，众人吟唱
耐得住
亭亭玉立，孤芳自赏

翻动，摇曳
一池心情
静默，自赏
孕育希望

无论是八百里洞庭
抑或是浅水一汪
没有根的把持
自成浮萍飘荡
缺少淤泥滋润
定会香消心伤

静水听荷，微风染香
浮华尽褪，素面清扬
身体有了牵绊
心儿不再彷徨

静水听荷
微风染香

高建柱

高建柱，男，1968 年生，雄安新区容城县贾光乡高家庄村人。中共党员。

1990 年毕业于河北大学，历任乡镇副镇长、党委副书记，县政府机关党组成员、局长。他喜好诗歌创作，平时喜欢徐志摩、海子、舒婷等诗人的作品。工作之余，陆续创作了一些诗歌作品，散见于报刊。

作品选读：

逢兰建勇同学

午后杏园别有春，芳华尽染眷微尘。
岁月有情天不老，喜向兰馨逢故人。

秋 野 断 想

我困顿于喧闹的繁华
渴望自由的风铃
心里总埋有一粒种子

向着蓝天
向着阳光
顽强地生根、发芽，升腾

轻启嘴巴
贪婪呼吸自由的空气
远眺旷野
放飞不甘拘束的心灵
伸出轻柔的双臂
舞一舞
随风
随风
随风翱翔于天空

天空浩瀚无垠
与鸟儿一同翩翩起舞的
是我不羁的生命与魂灵！

我想静静

我多想一个人
就自己一个人
那么静静地
拥有半天时光
看看电视
抑或听听音乐、品品茶香
或站或仰，或坐或躺
一任时光自由地在我的掌上

不荷负担
不沾些许忧伤
一个人
静静地品味
那温柔的阳光
不要那么思
不要那么想
不要琢磨
是时间辜负了人
还是人儿错过了时光
但生活
是一支鞭儿
永远催我在路上
思
只能那么思
想
也只有那么想

胡志国

胡志国，网络昵称书痴，男，1968 年生，雄安新区容城县南王酁村人。容城县作家协会会员、《河北农民报》通讯员。

个人作品入选《拒马河放歌》《中华文艺》等诗选集。

2015 年获得“和平杯”文学大赛优秀奖，“读书与梦想”征文优秀奖，“中凯杯·竞秀郎山”全国网络征文二等奖，“燕都古城杯·走进易县，放飞心情”全国诗歌、散文大赛诗歌二等奖。2017 年获得第二届白求恩大道——《纪念白求恩》发表 78 周年征文比赛优秀奖等。

作品选读：

卜算子·悲秋

日暮憩溪亭，岭上轻烟翠。花木萧条露染霜，冷酒寒衣袂。　　家山相望思，空酌心憔悴。漏静孤窗落梦销，一枕相思泪。

临江仙·午夜和诗友

和友子时难入睡，苍梧风定蝉声。燕天暑气太无情。惜才酬远客，枉对半窗明。　　檐外夜凉花影浅，一庭孤月疏星。谨凭拙句慰芳卿。文笺舒卷处，也怪梦难成。

深秋宴友

菊冷参差栅外黄，花移月影兴犹殇。
先生可惯通宵饮？不叫秋思落玉床。

西江月·游白洋淀

夏日新荷笼翠，晴空老柳凝烟。鱼龟浮戏皱清涟，风卷穿帘归燕。　　稚子笛横腔野，闲鸥蛙鼓舟旋。蜻蜓起舞自蹁跹，梦里童年枉叹。

踏莎行·晨思

小径幽深，迷花浅短。晨行时有莺啼软。野园春色客愁浓，诗心遥似孤帆远。　　醉后遐思，吟时缱绻。双双燕子归来晚。一杯浊酒两篇诗，疏窗空引相思婉。

无　题

轻风扰我叩柴扉，舞动清愁入梦帏。
浅醉凡尘云水色，犹疑警幻利名诽。
浮华误我知多少，壮志萦心尚可飞！
落案香风催翰墨，心花宿雨泣晴晖。

雨中游白洋淀

欣逢盛夏潇潇雨，一路天光景色浓。
莫怪临风惆怅久，吟诗空想采芙蓉。

李素荣

李素荣，女，1968年生，雄安新区容城县大河镇张市村人，现居上海。上海杨浦作家协会会员，容城县作家协会会员。

小学、初中就读于张市村，高中就读于容城中学。高中毕业后自考华东师范大学心理健康教育专业。曾从事化验员工作，后从事幼教工作。自幼喜欢文学，中学阶段开始发表诗歌，现有多篇作品散见于诗人沙龙、诗林、榕树下、起点中文网、容城文苑等网络平台及诸多公众号。代表作：诗歌《咬春》《夏夜的风》，散文随笔《大扫除》《重阳忆》，报告文学《龙湾小院》《希望从这里延伸》，短篇小说《请把我叫醒》，长篇小说《李子花开》。

李素荣从小喜欢听诗词朗诵，喜欢听鸟儿的鸣叫，喜欢听雨滴的音律，喜欢花儿绽放时的温情……正是这份诗意的情怀，使她多年来笔耕不辍。随着年龄的增长，思乡情与日俱增，不经意间，儿时的路与桥、熟悉或陌生人的微笑等，一一成为她笔下动人的画面。

创作长篇小说《李子花开》时，巧遇雄安新区设立，这更激励她把新区百姓身上那种集奋斗、进取及奉献精神于一身的燕赵风骨，展示给正在了解和将要了解雄安新区的人们。

作品选读：

你，站在这片传奇而温馨的土地上

——观雄安新区升旗有感

你，站在这片传奇而温馨的土地上
镜头，对准那高高升起的五星红旗
你把虔诚送给为五星红旗的飘扬
浴血奋斗的英烈
又把崇敬写在图片的历史上
仰视，你没有丝毫的低矮和卑微
因为，托起你内心的
是国歌的韵律
和中华子孙的热血激昂！

你，站在这片传奇而温馨的土地上
雄安人的欢笑，是你的氧气
雄安人的热情，更是你的脊梁
你高傲地昂着头
因为你知道
那飘荡在上空的红旗
正与地球上的五星红旗
对接歌唱：
今天是你的生日，我的祖国……
谁说拍照只是为了朋友圈
镜头的涉猎，足以见证
雄安的历史长廊

夜雨来袭

今夜，夜雨来袭
它是沿着残缺的夜幕而来
它是驾着冰封的云朵而至
因为，它不想让
枕边的泪滴孤独
更不想让散落折射云层的凝视
彷徨
于是，夜雨悄悄把自己
打扮成被感动的幕帘

一同走过的渐远
今夜
夜雨来袭

李子花开（节选）

一眨眼，三太太的爱女出落得有模有样，虽然刚刚十二岁，周围乡里家境尚可的都争相提亲。也许醉翁之意不在酒，女孩漂亮是一方面，更重要的是因为这个家族的威力。

谦老爷开始是不太同意这么早就为爱女订婚的。可三太太不这么认为，她说找一门当户对的亲家不容易，亲家之间还可相互支持，以此来巩固家族不败的地位。

提亲的几家中，三太太最中意的就是白沟的赵家。赵家，祖籍雄县，为了方便打理生意，全家搬迁到了白沟。白沟到泥李庄虽较远些，可赵家家底厚实，在白沟有布庄、当铺及米行，还有船舶在白沟和天津港之间往来经商，在当地也是数一数二的大户人家。

未来的新姑爷，是赵家的长子赵之景，今年十七岁，只比谦老爷的长孙力夫大一岁，据说与力夫同在保定府的育德中学读书。

三太太建议谦老爷趁力夫回家休假时，探问一下有关赵之景的一些情况。可偏偏力夫是个不愿在背后议论人的人，只说不了解这个人。谦老爷碰了一鼻子灰，三太太也很无奈。但从媒人的介绍和赵家的地位分析来看，赵家应该差不到哪里去，所以谦老爷就答应了这门亲事。

每个人都在忙碌着，且各自在心底闪念着一幅幅画面和一种种猜测。

"来了，来了……"外面有人喊着。

谦老爷引领着一行人走到正门口，有次序地站立开来。大太太和二太太站在老爷左侧，面带微笑，三太太站在谦老爷右侧，中间略有空隙，应该是为迎请客人进门时所做的准备。

三太太今日格外精神，紫色斜对襟绸布夹衫，头上那支亮晶晶的蝴蝶花样的金色嵌红宝石的发簪格外抢眼。这支发簪还是几年前，谦老爷托白沟的白家掌柜从南方带回的稀罕物，也是三太太第一次佩戴。

而今的三太太，不论是装扮还是心里，都充溢着激动和成功的喜悦。

三辆马车由远而近。第一辆在距离李家门口二十米开外处停了下来，布帘撩起，一个中年男子和一位姑娘下了车。男子穿绸布上衣，黑色宽松裤子，脚踝由黑色条带打紧，黑色八成新布鞋。姑娘留着长长的辫子，粉色花纹绸布上衣，下着黑色宽松裤子，一双大脚，走起路来坚定而沉稳。从他们的穿着和行动来看，应该是跟随的佣人。

二人下车后，径直朝后面的车子紧走几步。姑娘站在第二辆马车边侧，男子则走到后面的马车旁。

第二辆车上下来一对中年男女，第一眼就给人一种非高即贵的感觉。最后面的车子中下来一个年轻的小伙子，他快步过来扶住女主人。他们应该就是那未曾见面的亲家和未来的女婿了。

谦老爷走下台阶，拱手说道："想必就是白沟过来的赵老爷吧。"

"不才，正是赵某，今日登门，实在是打扰了，"赵老爷说着转头对那年轻男孩说，“过来，拜见一下伯父大人。”

“晚辈赵之景拜见伯父大人。”

赵之景温文尔雅、风度翩翩，很是让谦老爷和三太太喜欢。

“贵公子知书达理，气度非凡，将来一定有大出息。”谦老爷说着，又上下打量了一番赵家公子。

“不要总是在外面寒暄，请客人进屋再叙。”大太太提醒得很及时，一行人谦让着来到客厅里。

一般人也许不太在意，但三太太看得清楚明白，未来的亲家母不时地左顾右盼，定是在搜索那未来的儿媳妇，这是“纳吉”前最关键的一步。

三太太对身边的笑笑低语了几句，笑笑很是领悟地转身出去。不一会儿，笑笑就把今天的重要人物——李家唯一的小姐请到正厅。

“快些拜见你的叔父和婶母。”三太太指点着女儿。

“叔父好，婶母好。”小姐微微前倾，低头行礼，一副大家闺秀风范。再看其打扮：上身绿色打底银白荷叶绸布掩襟宽袖夹衣，下着蓝色打底淡藕荷色叶子点缀的百褶长裙，腰带处系着香草荷包。香包虽小，却通透着一股浓郁的芝兰香气。外罩锦绒，缀以流苏，在衣下侧旁稍稍露出穗尾，给人一种若隐若现的感觉。小姐行走时，轻盈微缓，弱柳扶风，言谈轻声细语，但很清晰，含蓄但不示弱。小姐甜甜美美的样子，看得赵家父子心花怒放。

这时，各种水果、干果及点心络绎不绝，果香茶香迎面而来，进而弥漫大厅的每一个角落，不要说吃，身处其中就会让你五脏通透、神清气爽。大家都在兴奋中，谁也没有注意到一个人，那就是谦老爷的长孙力夫。自打在门口看到赵家少爷的第一眼，他就难以镇定，他看不惯赵家少爷那趾高气扬的神态。在大家都夸赞他的同时，闪现在力夫脑海里的都是在育德中学那个蛮横的小霸王形象。在这期间，力夫几次用眼神狠狠地瞪了过去，其实对方也早已认出了力夫，也同时用眼神回敬了力夫一番。此时，力夫趁大家都在说笑时，走到赵之景旁，用臂膀碰了一下对方，然后走到后院。

二人一前一后从侧门出来，面对白洋淀波光粼粼的水面，望着挂在高空中的太阳，沉默，还是沉默。瞬间，力夫抓住赵之景的衣服，眼睛狠狠地看了他一眼，说：“玉敏虽是我后奶奶所生，但她毕竟是我们李家唯一的女孩，我的亲姑姑，如果哪一天我发现她被欺负了，我定然不会轻饶你，请你记住。”

赵之景拨开力夫的手也趾高气扬地说：“从今儿起，李玉敏就是我的人。在这个世界上，除去我，谁敢说她一个‘不’字，就不会轻易过了我这关。况且，从辈分上讲，你还没有这个资格用这种方式跟我讲话吧?”两人怒视了对方片刻，不欢而散。

开席的时间到了，换言之，两家正式订立婚约的场面拉开了。未出五服的亲戚、族长及各位管事，纷纷被请来。

宴席的座位是有讲究的，主位是双方家长及族长，第二席位是仅次于家长辈分的成员和今日订婚主角，辈分越小越是向边缘地方延伸。七岁以下的儿童不能独自上桌，要由成人陪同。

酒宴很受欢迎，特别是那道阿胶鸡汤，让赵家太太很愉悦。这时族长突发奇想，说道：“听说赵家公子和力夫孙少爷都在保定府读书，我看就让他们二人对副对子怎样?”

“好主意!”

“好哇，好哇。”

大家一致赞同，似乎没有商量的余地。

“那，谁先来呢?”

大家左顾右盼，一时出奇的静。

力夫起身说道：“当然是我先了。”力夫当仁不让，一时所有的目光都投射到他身上。

“我们李家世代在白洋淀守望着，那我就说……”力夫欲言又止，停顿了片刻，又似乎突然想到了什么，说道，“我的上联是——明珠涵粹李子花开枝枝通四海。”

力夫刚刚讲完，赵之景也不甘示弱，说道：“那，我的下联则是——燕赵传奇雄州漫歌声声撼天下。”

“有意思，厉害，真是棋逢对手。一个是静美通达，另一个是霸气十足，真乃完美结合，不可限量，不可限量呀!”人们说着，无不竖起大拇指。

宴席过后，李家回赠了厚重的礼物，目送着亲家马车没了踪影，才陆陆续续回到各自的屋内。

谦老爷今天格外兴奋，多喝了几杯，开始没发觉什么不适，可酒的后劲儿叫他有些体力不支，浑身难受。三太太连忙叫厨房煮了醒酒汤来。这醒酒汤的主料是藕带（也就是莲藕茎顶端的一个节间和顶芽组成的部分），对解酒和除去内脏毒气有很好的用处。

藕带是三太太在两天前叫厨房预备好的。为了得到这汤料，可是花了阿根和浩壮两个时辰的工夫。三太太看中他二人的是办事认真，而且还是潜水好手。

尽管如此，二人采完藕带还是身有不适。毕竟已是深秋，水很凉，这个季节要想得到上好品质的藕带也不是件容易的事。好在三太太是个赏罚分明之人，二人采藕带有功自然得到了丰厚的回报。

此藕带汤的制作也有讲究，不能用地下水，只能用太阳升起前的白洋淀水。待汤汁微浓，根据口味加些蜂蜜即可完成。饮用时不能太烫也不能太凉，以喝下去使人有微微的汗意为最佳，这样再美美地睡上一觉，醒来后，自会神清气爽。

方 天

方天，原名郭克，男，1969 年生，雄安新区容城县南张镇沙河营村人。中学一级教师，容城县作家协会理事。

高中时开始诗歌创作，坚持至今。在学习与创作中，对诗歌写作渐有体悟，并形成了自己的创作、鉴赏观。累计创作诗歌三千余首，以短诗为主，散文百余篇，小小说五十余篇，杂文七十篇。早期作品留底珍存，中期作品主要发表在红袖添香文学网站上，近期作品主要刊发在他自创的文学平台“方天文苑”及卓大众艺术联盟的平台上。现为卓大众艺术联盟平台副主编及编辑。

近期影响力较大的诗歌作品有《想哭的时候没有眼泪》《千年》《故乡》《我目不转睛》《我用手掌触摸着秋天》《我是农民的儿子》《老屋散记》《香山寻梦》《白洋淀遗事》等。

作品选读：

故 乡

故乡
是记忆的淡淡炊烟里
升起的一抹惆怅

故乡
是脑海中带着柴草余烬的
红薯稀饭的幽香
故乡
是无数次光着脚板走过的
那条弯弯的乡间小径
故乡
是庭院中茅屋旁
那棵与我同龄的白杨
故乡
是父亲耕牛的犁尖下
拾起的那几颗落花生
故乡
是昏黄的油灯下
母亲指尖上密密缝补的衣裳

故乡
是乡亲们见面时
那一声声亲切的问候
故乡
是那些陌生面孔的孩子
远远投来的怯怯的目光
故乡
是儿时的玩伴儿
亲切的问候与拥抱
故乡
是餐桌的丰盛
杯盏交错滴落的酒香
故乡

是腾起的烟雾杯中的热茶
和唠不完的家长里短
故乡
是母亲早已为你暖好的
带着土香味的火炕

故乡
是老屋檐间
那已空空落落的鸟巢
故乡
是母亲千言万语的叮嘱
父亲沉郁的目光
故乡
是颓墙上
那几茎迎风摇摆的野草
故乡
是装满粉丝大枣
核桃板栗或者玉米糙的鼓鼓的行囊
故乡
是长途车无法装载的
那份沉甸甸的牵挂
故乡
是游子心中永远无法卸载的
那份离别的忧伤

我是农民的儿子

出来久了

感觉自己像在空中飞翔
飘的感觉
让我们失去了最初的模样
城市的灯火
淡化了心中最初的渴望
离开了亲昵的土地
灵魂只能在忙碌中流浪

有一天时光让我记起
我是农民的儿子
我是农民的儿子
这样我忆起了野菜的苦涩
也让我忆起了生活的芬芳
想起我是农民的儿子
渴望与激情碰撞出新的梦想
生活的烈焰温暖着我的心房

我是农民的儿子
是踩着麦茬长大的农民的儿子
是从土地沟壑里滚爬过的
带着土腥味的农民的儿子
我不应该忘记我是农民的儿子
我不应该忘记那片土地
那片有着父辈血和汗的土地
也保存着我的血水和汗水

我是农民的儿子
我要回到那片土地去
在田野里重新植入我的梦想

那里长出的不应该是楼宇
我要回到原野里去
让那原生态的自然的和弦
成为这个世界上
最伟大最优美的旋律

生命　不过是花开花谢

餐风宿月
凝固的笑容滴着血
被泪水黏合的伤口
在一季花香里
与老去的青春告别

人生若雪
在匆忙的脚步下
失去了最初的纯洁
梦想如沙
在流动的指尖破灭

时光风干了过往
芳华易逝　青春老却
记忆最终留下的
只是一些
难以连缀的细节

潮来潮去　几番沉浮
数杆帆影起楼台

皆是海市仙阙
淡化悲欢
生命　不过是花开花谢

时光的足迹

往　事

我寻找那本书的扉页上
记下的几行文字
时光挤压着我的灵魂
从记忆深处抽出一些
残缺不全的故事

邂　逅

一场久别的重逢
你的脸上云淡风轻
我的眼前波平浪静
往事被时光过滤
留下你我的心痛

瞬　间

是我的文字唤醒了你的记忆
还是你的记忆里
有着与我一样的故事
相识　热情地留下名字
别后　我们依然素不相识

午　后

穿过阳光闪烁的广场
春风温暖着我的思想
你的影子唤醒了
我青春的浪漫
如耳边的音乐一样悠扬

旁　观

大地醒了　春天来了
不过我们有时
只是春天的旁观者
看着别人家的园子里
与我无关的花开出一些寂寞

真　实

那些面纱后面的脸孔
隐藏着一些冷漠或者热情
真实可以为虚伪作证
相信世界的背后
还有一双看不到的眼睛

时　光

那些花儿开放　凋谢
这不过是时光玩的把戏
就像我们终将死亡
无论被憎恨诅咒
还是被怀念追忆

瀑 布

正是纵身一跃的勇气
成就了生命的美丽
落差带来的不一定沮丧
从高处走下来
恰恰让你认识了自己

李慧君

李慧君，女，1969 年生，雄安新区容城县南张镇西牛村人。容城县作家协会会员。

1988 年毕业于保定师范专科学校。1998 年毕业于河北师范大学。小学高级教师。多次获得省、市、县中小学作文大赛优秀指导教师奖。参与编辑小学生作文选集《大槐树下》。

2010 年开始诗词创作，陆续在诗词网站（网名画船听雨眠）和《容城文苑》《容晓》等刊物发表诗词作品五十多首。

主要作品：词作《醉太平·迎春》《扬州慢·春到雄安》《春光好·春早》《鹧鸪天·春》《天净沙·冬》《青玉案·游桃园》《小重山·返乡》《踏莎行·中年有感》《南歌子·为师》等，现代诗《雪的问候》《我们只是相识过》《你从来不说我是你手心里的宝》《海》《红豆红》等，纪实文学《野鸽子》。

作品选读：

醉太平·迎春

春绽黄，幽兰吐香，曾携君踏春忙，看花芳草芳。　　思君心伤，念君鬓霜。奈何处觅潇湘，共天荒地荒。

扬州慢·春到雄安

春到雄安，鸟鸣枝影，和风吹彻新城。树花开万亩，彩蝶自蜂拥。美人醉，波光潋滟，连天芦苇，摇曳朦胧。洛神临，翩若惊鸿，宛若芙蓉。　　今秋续写，纵屈原，不诉离情。岸边念潇湘，粉身碎骨，为舜死生。只为泱泱华夏，同一脉，取道中庸。万里春风度，山河怎负深情？

卜算子·春日

青草入飞红，枝细花阴浅。桃面春风舞粉轻，莲步戏绒扇。　　蝶自踏香来，游者驻足远。豆蔻楼台指点曰：哪里来飞燕？

踏莎行·中年有感

齿落珠黄，白丝渐掩。乌飞兔走红尘远。幕天席地度经年，不惊荣辱深深院。　　书画琴棋，酒香茶盏。星霜风露泯恩怨。如今不再费疑猜，云回一曲春风畔。

李英涛

李英涛，笔名默犁，男，1969 年生，雄安新区容城县人。保定市作家协会会员，容城县作家协会秘书长。

李英涛出生于一个农民家庭，自幼得益于土地的滋养，敬畏在土地上劳作的父兄。上学时颇为勤奋，1988 年 7 月毕业于保定师范专科学校，成为一名教师。1992 年加入中国共产党。在容城小学任教十年，后被调入容城镇中心校负责教学业务指导工作。2008 年 8 月调入容城县教育局工作。

他从小爱好文学，上师范时，读了作家孙犁、铁凝的作品，大受触动，开始诗歌、小说的创作。学生时代创作的小说《哦，远山》被收录在《当代容城诗文集》一书中。工作后，坚持创作，作品零星发表在《保定日报》等报刊。从 2000 年开始，更多的诗文在“保定热线——情趣文学”“榕树下”等网站发表，创作了《那情、那爱、那座坟》《珍珠獾之死》《沉沦》《网络情缘》《月亮偷着哭》等小说以及大量诗文。2005 年创建了“默犁论坛”。2006 年，被吸纳为保定市作家协会会员。2015 年，成为《容城文苑》签约作者。2017 年 10 月，在第二届“白洋淀国际服装文化节”征文大赛中，诗歌《写给雄安马拉松》获二等奖。

作品选读：

雪落在一首诗里

今夜竟下起了雪
厚厚地覆盖了我的梦
我努力去辨寻梦的模样
它已化作风儿携着雪花飞行

飞行的雪花落在了白洋淀
清清的淀水将其消融
老渔翁载着一舷鸬鹚划破湖面
捕上最后一网鱼，哦，明天就要结冰

飞行的雪花落在了故乡的田野
大哥隔着玻璃窗听到了雪声
指头燃起东坡的旱烟
烟圈里弥漫着春天的笑容

飞行的雪花落在一首诗里
瞬间竟化作文字的精灵
一片两片三片地飘来
一行一行地在诗里爬行

回 雄 安

记得离开家时我还是少年
父母为我选择了最好的校园

从初中到高中我努力地拼搏
进入理想大学之梦终于实现

明年学满四年就要大学毕业
我现在正徘徊在就业的边缘

我的腹内已装满了知识和热情
我怀揣着梦想要去实现

二〇一七年四月一日那一天
家乡的喜讯传到了我耳边

党中央的千年大计要设立新区
从此家乡就有了新的名字叫雄安

那一晚，我平静的心啊再也不能平静
那一晚，激动得我啊泪水涟涟

我奔走相告给我所有认识的人
上网查询着哪些信息与家乡有关

那里是以北方服装出名的小县城

一夜之间竟与世界的大城市比肩

那里有三贤厚重的文化底蕴
国家级的考察已入驻了队员

那里是华北平原的一颗明珠
习总书记曾经亲自过来圈点

那里还有宋辽时的古道遗迹
三县风物人情我怎历数得完

多少次在梦里我梦见了回家
多少次在梦里我梦见了雄安

我在空中俯瞰自己的故乡
这里已变成科技的花园

绿树环绕着一座座小镇
高铁拥抱着未来之巅

再没有车流拥堵的城市诟病
头上再现了白云蓝天

我似乎听到了一个声音在耳边响起
回来吧孩子，回到我的身边

那好像是父亲有磁力的声音
那其实是家乡建设的呼唤

我要回家乡，我要回雄安
这新生的幼苗需要人才的浇灌

我要回家乡，我要回雄安
未来的美景需要我的奉献

我要回家乡，我要回雄安
我愿做科技之城的一块砖

我要回家乡，我要回雄安
那里有我的青春梦想事业爱情

我要回家乡，我要回雄安
就在明年毕业的那一天

东庵河（节选）

东庵河，我童年的河
流过岁月流过蹉跎
一个孩子已步入中年
儿时的故事也被湮没

东庵河，我梦中的河
我梦见苇地里的那条蛇
岸边有废弃的尼姑庵
是谁，在里面卿卿我我

东庵河，我伤心的河
多少人的生命被它戕夺

有个女子一头扎进了河底
爱他的男子再也不知下落

东庵河，故乡的河
是记忆里时代的浓缩
如今已缩成了一坑死水
秋风也吹不起一丝清波

（一）

我的老家在我很小的时候四面都有河，每条河都有它的名字，而留给我印象最深的就数东庵河了。东庵河在村子的东头（小时候的村子东头，现在已经是属于村子里头了），那是去地里面抄近道必经的一条河，河水浅的时候，可以蹚水过去，然后到地里拾麦穗或打猪草。

河西岸是住户，河东岸就是田地。在河西岸上，除了住户之外，还有一座废弃的尼姑庵，这也是这条河因此而得名的缘故吧。尼姑庵门朝北开，东房山很高的位置上有一个窗户。这废庵青砖砌成，破窗破门的，家里大人常常嘱咐孩子们，千万不要到庵里去玩儿，说里面有“贴白”的。所谓“贴白”的，据传说是一个背着大口袋的人，见到没有大人在身边的小孩，就会把一张白纸贴在小孩的脑门上，让小孩失去知觉，然后这个人就把小孩装进大口袋，背到废庵里或村外的砖窑里，把小孩子的眼睛挖走……这个传说，足足震慑了我整个童年，使我自己黑夜不敢一个人出去玩儿，甚至大白天，在庄稼道一个人走的时候，还会想是不是会突然窜出“贴白”的人呢？

童年的时候，东庵河还是有水的，我一个夏天有的是时间和小伙伴或父兄在河里泡着。在东庵河的正中，有个圆形的水中小岛，岛上长满了芦苇，因此人们把它叫作“苇子疙瘩”。会游泳的人，都是比赛看谁最先游到“苇子疙瘩”。我因为不会游泳，只能看着人们游到苇子疙瘩，然后钻进茂密的芦苇里。去的人有时会带回芦根，有时会带回水鸟或鸟蛋。父亲偶尔也会托着我游到苇子疙瘩，让我也钻进去看看究竟。在茂密的苇子里，除了苇子还是苇子，地上都是盘根错节的苇根。直到有一次，我在里面遇到了一条蛇，吓得惊呼逃出来后，就再没让父亲带我去过……

王红艳

王红艳，女，1969 年生，雄安新区容城县人。容城县作家协会会员。

幼时生活在军营，随父辈走过很多地方，丰富多彩的生活伴随着她成长，颇有古人“行万里路”的意味。成长路上，有所思所想时，她便试着用文字记录下来。后来阅读了大量的文学名著，内心世界变得更加丰富，也成为一个十足的文学爱好者。各种文学体裁中，她尤其喜欢古诗词。主要作品有《春风春雨春满雄安》《春天不会远》《远山瀑布心情》《年味》《七律·冬日情怀》《鹧鸪天·晚秋》等，其中现代诗《春风春雨春满雄安》在 2017 年“我为新区做贡献”系列主题征文活动中获二等奖。

作品选读：

春风春雨春满雄安

2017 年，初春的风格外温暖
雄安新区的喜讯
被燃烧得晚霞渲染
惊艳了世界
缤纷的色彩任春风牵引

展开美丽的画卷
中国大地上响起一声春雷
舒展的花木欣喜地迎接崭新的春天
燕子是欢快的信使
一路洒下喜悦的呢喃
陌上繁花
绽放一季的绚烂
雄安的消息
突破一道道经纬线
传遍世界处处河山

春天的第一场雨
滋润了饥渴的土地
一粒粒饱含深情的种子
浸润着雨丝的寄托
播撒在京津腹地
明珠似的白洋淀
愈加明澈
绿色的希望
升腾在拒马河畔
创业的热情
激荡着千年古县
勤劳勇敢的人们啊
追梦美丽的雄安
雄安、雄安
你是写不完的乡愁
雄安、雄安
你是唱不尽的诗篇

田野翻滚着绿色的宣言
大淀飞扬着白色的波浪
挥动船桨
芦苇荡涌动着英雄的呐喊
三贤故里的琅琅书声
浇灌着雄安的未来
壮士之乡的英雄气概令人奋进昂扬

春的消息，雄安消息
在潺潺的流水中拨动着琴弦
在父老乡亲热切的渴盼中点燃
春潮涌动春意暖
传遍山野，激荡大地
执着了雄安人的信念

为了千年之计的美好蓝图
雄安人义不容辞
投身到新区的建设中
为了雄安的建设
雄安人无私忘我地贡献
你看
驻村工作组日夜坚守在第一线
你看
执勤的交警被汗水浸湿了双眼
你看
单位里加班的灯光彻夜闪烁
你看
新区的人们都在奋勇争先
一切为了雄安的未来

每个人都在为新区建设添瓦加砖
雄安终将会成为新的里程碑
那是我们欣欣向荣的家园
为世界描摹一幅繁荣辉煌的画面……

七律·冬日情怀

来日阴晴未可知，今朝尽赏凛冬姿。
拍窗呼啸西风剧，卷叶翻飞老树怡。
更有轻音携舞起，何妨心事写诗迟。
谁言萧瑟无佳景，且待茫茫陌上时。

鹧鸪天·晚秋

几抹烟霞落丛林，斜阳一揽看浮沉。菊花郁郁千般醉，落叶萧萧万缕金。
飞绪乱，鬓华侵，霜凝衰草满诗心。还将余韵随风寄，山野丹枫情最深。

王丽芹

王丽芹，女，1970 年生，雄安新区容城县人。容城县作家协会会员。

目前在《燕赵都市报》《燕赵晚报》《保定晚报》《河北农民报》《保定广播电视报》等报纸杂志发表散文、评论等六十多篇，在《工人日报》《天津日报》《湖北日报》《浙江日报》《焦作日报》《福建日报》《江海晚报》等二十余种报刊及电视媒体发表话题评论三百余次。在《燕赵晚报》、微文化联盟、荷韵清风文学社、徐志摩微诗歌等媒体平台发表诗歌近百首。曾获天津“新闻 117 · 一起中国年”征文散文三等奖，“中凯杯 · 竞秀郎山”全国网络征文大赛散文三等奖。

主要作品：《有一种瘾叫跳广场舞》《大妈的能量，超乎我想象》《爱上坏男人贼九》《那年，我的光荣与梦想》《细雨绵绵总关情》《小虾米咸菜》《梦里青稞》《两件花衬衣》《童年的老菜瓜》《父亲敢揽瓷器活儿》等。

作品选读：

回 眸 花 开

当我微笑着向命运称臣
那些锈蚀的窗棂就被慢慢打开

夜色撩人，花香还在
知更鸟热烈地告白
冬天播下的小麦种子
正在演绎一片繁茂情怀
月亮，星子
都在远远地凝视
一些云飘过，又缓缓而来
我不知道还有什么
能比回忆更加旷日持久
而每一次回眸
都如一场温暖的花开
我在树下
你笑意盈怀

被错过的那场雨

错过一场雨
有时就错过了一次机缘
和你并肩而坐的
就是另外一个女子
和另外一场糊涂的情感

不知道
在清汤寡水的对视里
如何才能旷日持久
一根弦
怎样才不错搭另一根弦

而为何
错过的那场雨
偏偏就被认定是一场好雨
好到竟会让你
生生死死地眷恋

魂牵梦萦其实都只是一念之间

在静默的晨光里捻花
指痛也是枉然
此生
有多少明明白白的心事
是这样的一览无余
而前程
又会怎样的烦琐
怎样的秋意盎然

画屏后美妙的女子
喝尽一杯凉茶
抚着朱漆的廊台
是以怎样的情怀
在期待夕颜的盛开
衣袂飘飘
主角纷乱离场
魂牵梦萦其实都只是一念之间
让过往一脉含香
多想
让一把藤椅

一杯苦丁
带我到旧日时光
那样
我就可以跳霓裳舞
闻胭脂香
做美人卷珠帘的模样

风起
却没有落叶的沧桑
阳光暖暖的暖暖的
有着明媚的芬芳
你款款而来
笑意在脸颊上荡漾
我们热情地牵手
不负早晚思量

多想
让这把折扇
还有片片春花
氤氲成章
除却情深意切
却无蜚短流长
就让所有所有的过往
都如此一脉含香
与你

杯盘狼藉
喧嚣不绝于耳
当孤独成为奢侈

一种冷
漫卷于心
虽然我端坐
并且笑靥如花

或许
你能看出我的牵强
但却不能
给我一杯热饮的力量
我们隔空相望
彼此贴近
却又始终迷茫

世界很小
回声一次次撞墙
各种面孔拥挤成一幅古怪模样
天上的星子下来了
很想和你依偎
而且遗忘
抽身离去方是最好的主张

阿尔泰紫菀

如果你不说
我怎么会知道
你是寂寞里开出的花朵
在干涩的田埂
独自艳丽又婆娑

如果你不说
我怎么会知道
你巴巴地等待
就是为了在这个阳光的日子
享受我轻轻的抚摸

你是含着笑
满足成佛
曾经的眼泪都化成露水
悄悄洒落
而其实，我已走过

也许不久
你就要凋谢
和天空的云一起沉落
只是不知哪一场雨
会让怀念成河

那些年，那春天

小时候的春天总是缺衣少食，长长的街道分外清冷，乍暖还寒的风放肆地吹过那些干萎的荒草，瑟瑟作响得让人头皮发麻。不远处，一览无余的河滩泛着鱼肚白，星星点点的沙粒在阳光下晃着人眼，白茅兀自伫立。

很多时候，哪怕是晌午时分，各家房顶上的烟囱也少有炊烟。

大人总嫌我们烦，我们就躲得远远的，但也永远不会安分。村南有坟圈圈，下面长满芦根，我们不顾禁忌悄悄地绕到坟头后面去挖，运气好时能掏出来小拇指粗细的芦根，拦腰里绞断，就会有湿润的水汽冒出来，我们立刻张开嘴巴可劲儿吸，虽然说不清那是涩还是苦，但舌下总算充盈了一种可以咀嚼的味道；村北有豆角架，未落秧的蔓子曲曲折折地缠在上边，我们闲着也是闲着，就把蔓子一把一把地揪断，揣到衣襟下，然后悄没声地躲进废弃的窑坑里，一个个瘦削的身子紧紧挨在一起，用谁从家里偷来的火柴哆里哆嗦地引燃，就眯着眼学着大人的样子神仙般地吞云吐雾起来，一支接着一支的，仿佛这样也能解饿。

当我们觉得越来越撑不住的时候，河堤上的柳芽芽率先绿了个满眼，于是我们就大呼小唤地跑到堤坡上去。我们先把垂在下边的芽芽用双掌心刮到筐子里，再爬到高高的树杈上，一边打闹一边撸树叶。虽然绿绿的汁水染得满脸满手都是，但丝毫抵挡不住我们欢天喜地的心情。

柳树叶子太涩，不能老吃，况且家里也没有多少相配的玉米面，接下来的杨树花子也不行，又硬又噎，幸好这样的时日坚持不了多久，滩涂里的野菜也就绿起来了：荠菜、马齿苋、萎陵菜、蒲公英、苦荬菜、苦苣、地黄、酸模叶蓼……种类多得很，可以换着花样吃。做成包子当然是最好不过的美味，但这种奢侈的人家不多；摊片片也可以，可是没油，就是有大人也舍不得放。最普遍的吃法就是熬菜粥，把半簸箕野菜下到滚开的沸水里，洒上一点儿玉米面面，再搁上一点盐花花，略微搅动几下，就热气腾腾地盛到每个人的碗里，大家有滋有味地吃得香甜。野菜粥虽能填饱肚子，但不熬时候，放几次水，肚皮就又瘪塌下去，反而感觉饿得更厉害。有的野菜也不能常吃，比如马齿苋，容易造成全身浮肿，但此时除了苦熬，还有什么更好的法子呢？

当然，天无绝人之路，不知哪一天，在暖得化不开的阳光里，那肥硕诱人的鹅黄色的榆钱花就扑面而来，一嘟噜一串串沉甸甸地压弯了每个乌青的枝头。于是不用招呼，我就腰里系紧一根绳索，一头拴上篮子，三下两下麻利地爬到高高的树杈上，然后回身把篮子拎到得手的位置挂好，左右开弓，一把一把绿汪汪、嫩生生的榆钱花就落到了篮子里，随后对着树下忙碌的母亲呐喊，她就乐滋滋地跑过来，解下我放下去的满满一篮榆钱花，小心翼翼地提到灶台上去。榆钱花洗净拌上少许面粉蒸“苦累”，解饿暖胃，要是摆上半碗醋，再敲上几头蒜瓣蘸着吃，更会让人口齿生香，胃口大开。印象中好像再没有比榆钱花更好吃的美味了。只是榆钱花开得快，老得也快，为了能多吃些日子，就趁鲜嫩多采些下来，用滚开水烫过风干，撒上盐末放在背阴的缸里贮存起来。当然，老了的榆钱花还有别的吃法。当花朵渐渐失绿，变得朴素苍白，里面的籽粒也已肥厚饱满时，一阵阵暖风吹过，一簇簇榆钱花就簌簌落地。这时用扫把把榆钱花扫在一起，择去杂物，洗净放到柴锅里焙炒，又酥又香，像是老天爷赐予我们的一种特别的小点心，专门用来犒劳这些穷苦的灵魂。

最引以为豪的是母亲炒榆钱花的火候掌握得特别好，不糊不生，还又脆又香。算是卖弄，我出门玩儿时总不忘把衣兜儿装得满满的和最要好的小伙伴分享。看他们吃得津津有味，压抑了漫长的一个冬季的阴霾便会一扫而空，小小的心灵荡起满满的快乐与幸福……

庄会茹

庄会茹，女，1970年生，雄安新区容城县人。河北省作家协会会员，河北省文艺评论家协会会员，河北省国学会理事。现居石家庄，供职于党报。

庄会茹中学毕业前生活于容城，得益于故乡水土的滋养和中学语文老师的教诲，对文字和文学颇有感觉，高中阶段的议论文《找准自己生命的支点——要善处穷》曾获“北方七省中学生作文竞赛”二等奖，并被编入多版本中学生作品集。

庄会茹平日以写理论评论文章为主，曾以文学评论《中国梦的“乡村视角”》获“石家庄文艺振兴奖”；业余侧身文学园地，埋头耕耘，作品散见于《光明日报》《中国新闻出版报》《雷锋》《河北日报》《共产党员》《当代人》《声屏经纬》《战友报》《联谊报》《石家庄日报》《燕赵晚报》等报刊。

近几年主要作品及评论：文学评论《中国梦叙事的乡村视角——以长篇小说〈当家的男人〉为例》《面向人民群众　构建精神家园》，散文《半是风景半家园》，文化特稿《沿着大山之路……》，文艺随笔《生命在文字世界中永续》《极地世界的生命体验》《在澎湃的时代激情里徜徉》《诗意徜徉的坚韧生长》等。

作品选读：

半是风景半家园

沐浴在葫芦峪清新舒爽的空气里，错落有致的层层梯田和绿色掩映下繁忙充实的笑脸，散发出生机勃勃的力量，牵动着你的目光。曾经，这里荆棘丛生，荒山连片起伏，酸枣棵子和野草漫山遍野；现在，层层叠叠的梯田井然有序，蜿蜒曲折的山道四通八达，长势良好的核桃树郁郁葱葱……一片片沉寂多年的山冈薄地，短短几年间，成为农业开发的热土，迸发出巨大发展潜能，富了百姓，成了风景。这神奇的土地上，这踏实的笑脸里，蕴藏着怎样拨动人心的深度？

春种秋收里，有农民永恒的快乐和满足。土地零碎、土壤贫瘠、山多地少……种种发展的劣势，在发展大农业的决心和为改变家乡面貌进行的精心谋划、辛勤开垦、奋力耕耘面前，变作高效经济的发展、大山深处的丰盈富足。那层层梯田，宛如一首首欢快的乐曲，携满欢乐的音符，飞扬在广袤的山野、世代的家园。满怀金色梦想，躬身播下对故乡的忠诚和热爱，伴随着希望的生长，结出幸福的果子。山还是那片山，地还是那块地，人还是那些人，但曾经的荒山，在机器的轰鸣声中，已经漫山生绿，绿野藏金，从中变出果变出粮，变出清新和健康，连通着乡村的未来，让曾经贫困的乡亲，不再沾穷愁的边，不再涉病愁的苦，不再含别离的怨。

唯其艰难，方显勇毅；唯其磨砺，始得玉成。“种啥长啥”的丰产地里，有候鸟返乡的情、土地流转的难、开山凿地的苦、科技兴农的智、阔步发展的甜……开山造田兴建农园，造福桑梓，秀美山川。家乡落后面貌，在“综合、集约、低碳、环保”的生态农业蓬勃发展下，已然不见。企业家刘海涛把骨子里的农业情结，做成政府得绿、农民增收、企业获利的现代农业，做成乡亲们手中幸福安康的生活、有滋有味的日子。农民对土地的深情、追求幸福生活的渴望、对自我的认可与追求，变作稳稳的幸福，让人们告别贫穷，拥抱富足；

告别匮乏，走向丰裕。

只有跳出自家的“一亩三分地”，才能拥有更宽的视野、更大的发展空间。变化不仅限于农业增效、农民增收，还包括对环境的改善，丰盈的不仅是物质，还有精神。立足农业经济体系转型，专心发展农业，不仅找到了撬动家乡经济更好更快发展的支点，也帮助父老乡亲丰盈了自家的生活，找回堂堂正正做农民的自尊和自信，让他们对生活，除了谋求生计，有了更具温情和灵性的体验；对家乡，有了更深更重的情感。让丰满富饶的乡村图景，在田园牧歌般的绿色风情里，成为舒展在大地上的诗情画意。山里人的生活空间，由此无限延展。在城与乡的相互渗透中，脚踏家乡的大地，他们不再有胆怯和迷茫，有的是勇气和资本向外扩张。引他们走出故土的那条山路或许依然蜿蜒，但他们已把四海当作自己驰骋的旷野。

集发展之美、生活之美、生态之美、人文之美于一体的美丽乡村，是提高中国人整体生活质量，让城市融入大自然，让居民望得见山、看得见水、记得住乡愁的坚强后盾。中国人的饭碗要牢牢端在自己手上，让更多人看得到希望、摸得到未来、守得住理想、圆得了梦想，离不开农业的发展、农村的建设、农民的富裕安宁。我们期待“葫芦峪模式”在更多地区开花结果，引领更多农民走上致富路，为连绵起伏的太行山，早日系上“金腰带”；期待既能保障粮食安全、促进农民增收，更能有效满足人们越来越高生态诉求的新农村建设，点亮你的梦、我的梦、大家的梦，让我们的生活环境，更加美丽宜人，让我们的家园，遍地是生机，满眼是风景。

捣衣石上怀乡情

“长安一片月，万户捣衣声。秋风吹不尽，总是玉关情。何日平胡虏，良人罢远征。”唐代大诗人李白的《子夜吴歌·秋歌》，借捣衣声寄情离别愁绪。

随着时代的更迭，李白所熟悉的捣衣之声，早已不复存在。如今，以前家家户户都有的捣衣石自然也成了没用的物件儿。不知为何，离家日久，幼时家中那块捣衣用的厚厚的青石板，却常常跃上心头。带着故乡气息的厚厚的青石板，和那对挥舞起来颇为灵巧，总能把皱皱巴巴的床单、被罩捶打得平平展展的小棒槌，让我思乡的心，越加迫切。

在那个物资匮乏的年代，洗衣粉也是稀罕物，草木灰、皂角、碱面等，都被拿来洗涤衣物，洗净的炕单、床单、被头等，要用米汤浆洗晾干，再放到捣衣石上捶打平展。常见的场景是，村里的家庭主妇们先在炕上铺一块干净的塑料布，把支棱着的被里、被面等放上去，然后舀上一瓢水，嘴里含上一大口，鼓起腮帮子用力猛喷，让水雾在眼前弥散开来，乖乖地落在需要捶打的布上。喷过水的布，变得柔软，更便于捶打定型。要让所有的布都沾上水雾，需要重复喷吐，用手沾了水洒在布上，总是弄不均匀，捶打起来远不如喷水效果好。

那时候，每次拆洗被褥，或是把床单、被头洗净浆洗晾干后，都要在青石板上捣平。当时母亲身体不大好，于是捶打床单、被头这道工序便由我来做了。看别人捶打时觉得眼馋，真要自己干起来，却又枯燥得很，不一会儿便累了，但因为有母亲监督，我只好硬着头皮继续捶打，直到支支棱棱的布，变得柔顺平展，才敢向母亲交差。当时引为苦役的事，现在想来，倒是格外怀念呢！家里的大青石板厚重且方正，在整条街是独一无二的，一条街上的家庭主妇们常常拿着自家的布找上门来，拿过棒槌捶打。举起的棒槌上下翻飞，交替起落，有节奏地发出“嘣嘣嘣、嘣嘣嘣、嘣嘣嘣”的响声，看她们捶打得那么起劲儿，好像真能把坑坑洼洼的生活，捶打成平平展展的日子。

后来，母亲离世，家里的大青石板也不知所终。直到写这篇小文，我才拨通大妹的电话，询问捣衣石的去向。妹妹说，当时对门的奶奶（因为父母工作忙，我从小便寄住在她家）急切地来要大青石板，说是暂时借用，但一去多年，未见归还，也没人再去要回来。现在，对门的奶奶早已去世，大青石板可还安在？自从家乡被划入雄安新区，各方面变化不小，下次回去，一定要设法寻访捣衣石的下落，不然，过去某段生活记忆的见证，也许就永远找不到了。

张冬娈

张冬娈，女，1971 年生，雄安新区容城县人。保定市作家协会会员，容城县作家协会会员。中学语文老师。

张冬娈一直保持写日记的习惯，从初一开始坚持至今，这也练就了她的文字功夫。她曾在市级、省级、国家级报纸杂志上发表各类文章二百六十余篇，近二十万字。其创作范围涵盖散文、诗歌、科普、小小说、人物通讯等方面。作品散见于《意林》《荷花淀》《民间故事选刊》《散文诗》《东方散文》《乐安文苑》《东江文学》《诗岛》《韶风》《中国纪检监察报》《解放日报》《羊城晚报》《杂文报》《天津日报》《东方教育时报》等报刊。1995 年创作的散文《苦乐书斋》，曾获鲁迅文学院散文竞赛三等奖。著有文学作品自选集《七色花》和《花儿的梦想——初中生作文精练·精选·精评》等书。作为网络音乐人，创作原创词作品《草帽哥》等共计二十二首，原创曲作品《梅兰竹菊》等共计四十六首，原创词曲作品《前世飞鸟今生鱼》《爱也不能说》《你把痴情都给了谁》《爱的世界没有谁离不开谁》《想你好多年》等共计十九首。其中，曲作品《梅兰竹菊》荣获 2017 年保定市“五个一工程”奖。

作品选读：

北方的江南小镇——古北水镇

身处北方，对江南秀色一直心向往之。

直到站在古北水镇外面狮子桥上的那一刻，我才知道，也才相信，在北方也能一睹江南风光。

是的，我被眼前出现的这一幅“江南风景图”震撼了：曲折而又开阔的河道里，碧绿澄澈的河水从容静卧，没有一丝的波澜。西岸，两排高大笔直的银杏树静静地挺立着，金灿灿的扇形叶片，密密地挨着，仿佛把它们周围的空气都染成一片金黄，与河对岸那些古朴典雅的青砖灰瓦互相映衬，清新而又明艳。河水绿得让人心醉神迷，清得能照出岸边各种美好事物的倒影，以至于找不到岸与水的分界线。

感叹着，流连着，虽然一再被提醒着，我还是落在了队伍最后面。进入古北口驿，经由售票大厅向南，我们排着队通过检票口。

“哇！咱们终于可以自由观光拍照啦！”我们都兴奋得有些把持不住。向前没走几步，脚下的石板路就一分为二，变成两条。因为早就商定要去攀登司马台长城，所以我们按照路标指示牌一路向东走，进入南天门。眼前出现一条宽阔的街道，街道两旁是形形色色的商铺，房屋一律是青砖灰瓦，斗拱飞檐，门也是陈旧而又古朴的木板门。一眼看去，它就像一位饱经沧桑仍屹立不倒的老者，向游客述说着曾经的繁华与历史的沧桑。

成衣铺、灯笼铺、风筝铺等各种商铺应有尽有，甚至有个商铺专营各种用手工编制的器具，浅山茶馆、英华书院、司马缸酒楼、杨令公客栈……这些只有在古装戏里才能见到的场景，就这么具体而完美地呈现在眼前，亦真亦幻。

以商铺街为主干，沿着向南的小巷，可以看到碧绿如翡翠的汤河，河对岸青翠峭拔的山岩间，一条细瘦的清流歌唱着，喷珠溅玉般从山顶俯冲下来，扑入汤河温暖的怀抱。那一刻，我想起郦道元在《三峡》中“素湍绿潭，回清倒影”的描写。而那些向北的小巷，则通往一条河道，虽宽不足丈，但河水却依然绿得纯粹，绿得彻底，绿得让你不忍伸手去触摸。彼岸垂柳依依照影，此岸木椅弯弯静卧，水面偶见荷叶亭亭立，又有石桥巧相连。

街道繁华喧闹，小巷幽静安宁，火红的爬山虎不挑不拣，随遇而安，使寂静的小巷更寂静，让喧嚣的街铺更喧嚣。

沿着悠长的石板路，时而前行，时而拐进旁边的小巷。越往里走，小巷越幽深。很多民宅都人去屋空，厚重的木板门被铜环铁锁牢牢锁住，木格子窗棂后面是厚厚的毛玻璃，很难看清里面到底有些什么。于是轻叹一声，转身出来继续前行。

不知不觉间来到杨无敌祠。步入其中，但见老令公杨业跨马横刀，位于正中，一缕长髯，飘洒胸前。他的八个儿子分列两旁。杨延昭手握银枪，英气逼人。遥想当年，父子镇守此地，与辽国多次交战，屡战屡胜，吓破敌胆，获得杨无敌的美誉。如今，这些历史的烟尘渐行渐远，而杨家将也因为忠君爱民，战功赫赫，被载入史册、彪炳千秋。这座杨无敌祠由当地百姓自发筹建，之后香火不断，直到今天。

出了杨无敌祠，看看时间已近下午四点，赶紧加快脚步，向司马台长城检票口走去。

检完票，经过一段木阶梯，走上一段水泥路。左侧是峡谷，谷内水声潺潺、清波回旋，从鸳鸯水库流出来的碧水汇入古老的汤河；右侧是山坡，各种红的、黄的、红黄绿相间的秋叶五彩缤纷，被风吹落的红叶随意地躺在地上，有种“落红成阵”的震撼。

踏上司马台长城台阶的一刹那，心里不由得升起一股豪情。沿着陡峭的台阶一路上行，脚下是斜斜的台阶，两旁是风蚀殆尽的断壁残垣，有的地段竟然没有一点护墙，如果走得太靠边了，就有失足跌落悬崖的危险。残破，我不嫌；险峻，我不怕；凭着高昂的斗志和顽强的毅力，我登上了最高的第十座城楼。

站在这座残破不堪却有着古老历史的明长城上，往下望去，真是万山红遍，层林尽染，汤河碧透，乌篷悠游。整座小镇依在大山的臂弯里，安静恬淡，享受着山的护佑、水的灵秀。古老的汤河就像一条碧绿的玉带，曲曲弯弯，把小镇围在中间，生怕它受了风寒。如今，历史的烽烟早已远去，目之所及是如画的江山，忍不住口占一绝：万里长城司马台，战火硝烟心不改。历经明清容颜在，蜚声世界更精彩。

从长城上下来天已擦黑，小镇里各种灯次第亮起，点亮小镇的夜色。看着岸上水里那些火红的、金黄的灯光，以及那些金碧辉煌的建筑在水里的倒影，不由得想起朱自清《荷塘月色》中的句子：“光与影有着和谐的旋律，像梵婀铃上奏着的名曲。”

在古北水镇行走，既能感觉到江南小镇的飘逸灵秀，又能领略到北方重镇的刚劲巍峨。北国的雄健和江南的柔美有机地交融在一起，刚柔相济，让人如同行走在美丽的梦境里，久久不愿醒来。

最好的逃生武器是柔弱

在天津诺恩赶海拾贝生态园的沙滩上，生活着两种螃蟹：圆壳螃蟹和方壳螃蟹。

圆壳螃蟹背上背着一个圆圆、亮亮的贝壳。这种螃蟹通体呈青绿色，最前面长着两只粗壮有力的大钳子。它们的胆子很大，经常在沙滩上爬来爬去，一意识到有游客来捉，它们就举着两个大钳子在沙滩上快速地横着飞跑，恨不得一下子就逃得无影无踪。如果是小孩子要去捉它们，它们就会奋力反抗，用那不可一世的大钳子死死夹住孩子的手指，直到孩子的父母闻声赶来，将它们一举抓获。

背上背着方方正正贝壳的是方壳螃蟹。这种螃蟹通体呈土黄色，最前面的两只螯不但不像圆壳螃蟹那么粗壮有力，反而又细又短。它们胆子很小，都藏在沙滩外面淤泥的洞里，确信安全时，才小心翼翼地在石头之间跑来跑去。它们从来不像圆壳螃蟹那样光明正大地在沙滩上横行霸道，而是紧紧挨着那些软软的青泥，一旦有个什么风吹草动，马上就消失得无影无踪。

如果注意观察，游客们的小桶里，爬来爬去的螃蟹们，几乎全是那些青绿色的圆壳螃蟹。即便成了人们的俘虏，它们仍然举着那两只不可一世的大钳子，一副凛然不可侵犯的模样，全然不知死期即将来临。

高调，总是要付出代价的，就像圆壳螃蟹，因为生就两只粗壮尖利的钳子就觉得不可一世，不知危险为何物，貌似厉害，然而却不善躲藏、不知进退，最终被游客们轻而易举地捕获。而那些貌似柔弱的方壳螃蟹，虽然没有两只厉害的钳子，却生性谨小慎微、机敏灵活，看上去弱小，遭逢不测的概率远比那些圆壳螃蟹小得多。

对于强大的圆壳螃蟹和柔弱的方壳螃蟹而言，最好的逃生武器不是强大，反而是柔弱。

做人如蟹，要圆融、机敏、懂得变通。因为不顾实际情况，只顾着进攻或只顾着逃跑很容易陷入被动局面，甚至付出生命的代价。

梨 花 蜜

小时候，老家的宅院里种着两棵碗口粗的梨树。一到春天，树上便开满了洁白如雪的花朵，它们你挨我挤地缀满枝头，馥郁的芬芳引来蜂蝶无数。年幼贪吃的我看着忙碌的蜜蜂时常好奇地想：花里会不会有它们不小心丢落的花蜜呢？

这个念头一经出现就成了夏天的野草——一日比一日茁壮。终于有一天我忍不住趁爸妈哥姐都不在家时开始了验证行动。我伸出胳膊使劲儿向上够，却怎么也够不着，于是回屋搬了一把椅子出来，小心翼翼地登上去。蜜蜂们知趣地飞到远一点的花上采蜜了，我伸出小手，掐了一朵梨花，撕掉洁白的花瓣和花蕊，看到了那个盛有黄色液体黄豆大小的花托——就像一个袖珍的茶碗儿，里面盛着少许金色透亮的液体。我小小的舌尖轻轻地舔下去，哇！好甜呀！一直甜到我的心里头。那是一种无与伦比的别样的甜，甜里还带着一种让人回味无穷的沁人心脾的香。这种又甜又香的味道让我着迷，也让我上瘾，让我几乎成了乐此不疲地偷食这梨花蜜的累犯。

因为是偷吃，很怕被发现，所以我每次享用后都会清理现场，把地上那些物证（花瓣和花托）扫干净扔到东边的河坑里，再把“作案工具”（椅子）放回原处，装作什么也没有发生的样子。为了不被发现，我从不把一簇梨花都掐干净，总是拣着密的地方掐几朵，然后挪个地方再去更密的地方掐，直到把能够到的花都掐到稀疏差不多时才收手。我一直以为自己做得天衣无缝，直到有一天我在窗外无意间听到父母的对话。

母亲奇怪地问：“你有没有发现咱家那两棵梨树上的花很奇怪呀？下面的一小圈跟上面的不一样，上面的密密麻麻，下面的稀稀落落。”父亲笑着答：“我早就发现了，我还发现每年摘梨的时候下面那一小圈梨个头格外的大呢!”“怎么会这样呢?”母亲不解地问。父亲说：“这都是老三那鬼丫头干的，有一回我下地干活儿回来拿铁锹时看见她在椅子上够那些花儿，我怕吓着她就从邻居家拿了一把。是她一直在帮梨树疏花儿呢，呵呵!”

我一下子愣在那里：原来我的一举一动早就被明察秋毫的父亲看在眼里，他看到我在够花也一定看到我舔食花蜜时那贪婪的样子。可当他面对母亲的疑问时，却把这贪婪美化成了帮梨树疏花。他的宽容和慈爱就像一泓清冽甘甜的山泉水，同那香甜美妙的梨花蜜一道润泽了我整个童年!

冲破韵脚的栅栏

在唐诗宋词的怀抱里
一躺就是很多年
那些没有韵脚的诗句
怎么看怎么像是喝醉了
东倒西歪的样子
连阳光和空气都跟着扭曲
胸中那些密密麻麻的韵脚
就像夹得整整齐齐的栅栏
我究竟要下多少次决心
鼓励自己多少次
才能冲破韵脚的阻拦
就像一只无法飞跃沧海的

白蝴蝶
既可以落在绚丽的花瓣上
也可以停在碧绿的叶片上
无忧无惧　不悲不喜
享受浸润在诗歌里的阳光
也享受灿烂阳光下
那些翩然起舞的日子

五月，我在汨罗收割

五月，我在汨罗收割
收割千年的粽子
收割屈原的诗歌
收割不朽的穿越
收割不老的传说

奔腾的汨罗江日夜歌唱
歌唱屈原行吟江畔时
那步履的艰辛与沉重
歌唱屈原以身殉国时
那难以自抑的绝望和悲伤

历史的车轮终将碾压那些
张牙舞爪的奸佞
现实的拂尘总会掸去那些
蒙在忠心上面的微尘

忠心赤胆的三闾大夫啊

你禁得住疏远受得了放逐

可是郢都　你日思夜想的郢都
竟然在你焦虑不安的注视下
毫无悬念地陷落了
绝望　无边无际的绝望
瞬间就席卷了你整个身心
连同你那颗遗世独立的
高贵的灵魂

你不堪回首的纵身一跃
悲壮了千年也优雅了千年

千年之后的我在汨罗收割
每收割一下
镰刀上就闪烁一次
报国——

张金苹

张金苹，女，1971 生，雄安新区容城县大河镇南郑村人。中小学一级教师。

1988 年 8 月，容城中学毕业；1989 年 2 月，开始在南文营小学代课；1994 年至 1996 年，在容城职教中心农教班学习；2011 年 3 月至 2013 年 7 月，参加中央广播电视大学的学习，取得汉语言文学专业的本科文凭。

张金苹出身于书香门第，受父亲张祥禄影响较大。张祥禄曾任容城县县委宣传部副部长、容城县文联副主席，并且是河北省书法家协会会员，不仅字写得好，文章写得也不错，还是位诗人。受他的影响，张金苹对文学也产生了浓厚的兴趣。

参加工作后，她主要从事语文教学，工作之余，陆续创作了一些作品。2007 年 6 月，自编自演《雪中送炭》，并获容城县第三届艺术节优秀创编奖。2009 年 9 月，在保定市“阳光下快乐成长”语言类比赛中，《雪中送炭》又荣获校园剧二等奖；快板儿《改革开放三十年，农村旧貌换新颜》荣获快板儿类优秀奖。另有散文《家乡巨变》，诗歌《永远跟着共产党，祖国明天更辉煌》《基层建设年礼赞》等，其中《爱我雄安》被收入《雄安童谣》。

作品选读：

雪中送炭

主要人物：张老师，女，35岁，山花小学三年级班主任。
李力，男，10岁，山花小学三年级学生。
李玲，女，10岁，山花小学三年级学生。
李母，女，33岁，常年有病。

时　　间：2007年1月18日。

地　　点：李家。

背景简介：这是发生在我们身边的一件事。李力和李玲是一对双胞胎兄妹，他们出生于一个贫困的家庭，父亲因病去世，母亲体弱多病，奶奶瘫痪在床。兄妹俩同是山花小学三年级的学生，品学兼优，深受老师和同学的喜爱，但因家庭贫困，面临辍学的厄运。故事发生在2007年1月18日，这天中午，兄妹俩放学回家。

李　玲：（发愁）哥，又该交书费、学费了，咱家现在又没钱，这可怎么办哪？

李　力：是啊，为了给奶奶治病，妈已经借了一万多块钱，这回让妈上哪儿去借钱哪？唉！

李　玲：哥，要不咱们别上学了，挣钱给妈和奶奶治病！

李　力：不，小玲，你去上学，我去挣钱给妈和奶奶治病，供你上学！

李　玲：不！哥哥，你比我学习好，你去上学，我去打工！

李　力：不，我去！

李　玲：我去！（这时传来了妈妈的咳嗽声）

李　力：嘘！到家了，别让妈听见！

兄妹俩：（推门进屋，关门）妈，我们回来了。

李　母：（正坐在椅子上缝衣服）回来了？累不累呀？

兄妹俩：不累！（放下书包，小声争执：我去！我去！）

李　母：（把衣服放在椅背上）小力，你们说什么呢？

兄妹俩：（心事重重地走到妈妈身边）没说什么。

李　母：你们是不是有事瞒着妈呀？

兄妹俩：（吞吞吐吐地）不是。

李　母：那你们嘀咕什么？

李　力：（坚定）妈，我不想上学了！

李　玲：我也不想上了！

李　母：（惊讶）不上学了，为什么？

兄妹俩：（低头）不为什么。

李　母：是不是挨批评了？

兄妹俩：不是！

李　母：是不是和同学打架了？

兄妹俩：也不是！

李　母：是不是考得不好哇？

李　力：不是！我考了一百！

李　玲：我考了九十八！

李　母：（生气）考得这么好，那为什么不想上学了呢？

兄妹俩：妈，您别问了，反正我们就是不上了！

李　母：（气愤地打孩子）你们真不争气！咱家这么穷，还借钱供你们上学，不就是为了让你们将来有出息，过上好日子吗？你们现在竟然说不想上了，你们这真是要气死我呀！（咳嗽）

李　力：（哭了）妈，您别生气！因为又该交书费、学费了，我知道咱家没钱，所以我就不想上学了。明天我就去打工，挣钱供妹妹上学，给您和奶奶治病。

李　玲：（也哭了）不！妈！哥哥比我学习好，还是让哥哥上学吧，我去打工！

李　母：好孩子，别哭了，妈错怪你们了。你们放心吧，钱的事你们不用管，无论如何我也不让你们退学，就是去卖血，妈也要供你们上学！

兄妹俩：（大哭）妈！我不让你去卖血，我不让你去！我不上学了！我不上了！

李　母：（失声痛哭）好孩子！都是妈拖累了你们，妈对不起你们！我真是没用啊！

兄妹俩：（大哭）妈！

（这时张老师来到李家。）

张老师：（敲门）李力在家吗？

李　力：（推妈妈）妈，有人来了，有人来了。

李　母：（擦擦眼泪）小力，看看谁来了。

李　力：（跑到门口，开门）张老师，您来了！

张老师：李力，你怎么哭了？你妈在家吗？

李　力：在里屋呢。妈，张老师来了。（两人走进屋）

李　母：（站起身，与老师握手）张老师来了，快请坐。

张老师：（坐下）李力妈，你的病好点儿了吗？

李　母：（擦擦眼泪）好点儿了。

张老师：（见三人眼睛都红了）你们这是怎么啦？为什么都哭了？

李　母：唉！张老师，这不又该交书费、学费了吗，这两个孩子都争着不上学了，要去打工！

李　力：张老师，明天我就不上学了，挣钱供妹妹上学，给我妈和我奶奶治病！

李　玲：（快步走到老师身边）不！张老师。哥哥比我学习好，我要去打工供哥哥上学！

张老师：多懂事的孩子呀！怪不得这两天总是闷闷不乐的，原来是为了书费、学费的事。老师告诉你们，你们都可以继续上学！

李　母：这怎么行呢？张老师！上次您垫的书费、学费我们还没还呢，您家也不富裕，我们再也不能拖累您了！

张老师：没关系，我今天来就是要告诉你们一个好消息！

三　人：（异口同声）好消息？什么好消息？

张老师：从今年起，国家在义务教育阶段免除学生的学杂费。

三　人：（惊喜地）真的？

张老师：真的！并且免除贫困生的课本费。这不，我给你们带来了申请表，填好后不久就会批下来的！（递给李母申请表，李母接过来，说：太好了！太好了！）

兄妹俩：（喜出望外，高兴地拍手跳起来）哦！太好了！太好了！（拉着妈妈的胳膊）妈，我们又可以上学了！

李　母：（激动地站起来，紧握住老师的手）谢谢您，张老师！太感谢您了，您这真是雪中送炭哪！您真是我们的大恩人哪！孩子，快来谢谢张老师！

兄妹俩：（兄妹俩鞠躬）谢谢张老师！

张老师：（扶起两个孩子）不用谢，不用谢我！要谢就谢我们的政府、我们的党！感谢党的政策好！

全　体：（面向观众）对！感谢政府，感谢党！感谢党的政策好！

李　母：还是共产党好哇！孩子们，你们千万别忘了党的大恩大德呀！

张老师：是啊！你们一定要努力学习，不辜负党和国家对你们的期望！

兄妹俩：妈、张老师，你们放心吧！我们一定勤奋学习，掌握本领，长大后建设家乡，报效祖国！

李母、张老师：好！

江　渔

江渔，原名王泽，男，1972年生，雄安新区容城县人。容城县作家协会会员。

中学时期喜欢上写作，开始在报纸杂志上发表诗歌、散文、随笔等，先后两次获得《作文周刊》社举办的“全国中学生作文大赛”一等奖，并参加同年度文学夏令营。

高中毕业后辍学，开始打工，一度中断写作，但在工作之余仍保持着阅读的习惯，偶有练笔。先后加入四季风、唐河文学、保定青年诗人学会、晚相遇、几江诗歌等文学群落。2010年重新提笔开始网络写作，诗歌、诗评、散文随笔、小小说等体裁都有涉猎。

2016年开始参加保定市作家协会组织的新春诗会，有原创诗歌入选并朗诵。之后在石英杰、刘莉、史春霞以及众多文学师友的帮助下，陆续有文字刊发于《荷花淀》《国风》《山东诗人》《作家天地》《巴中文学》《几江诗刊》《四季风》《唐河文学》《今日文艺报》《保定晚报》《自贡日报》《小小说大世界》等纸媒及网络平台。2017年获保定市作协颁发的第六届“荷花淀”文学奖诗歌组三等奖。

作品选读：

天下第一关

风拜访你，雨拜访你
牛角号拜访你
铁蹄战甲弓弩箭镞拜访你

所有来访者中我是最卑微的那个
我的孤独大不过一块古城砖
我的寂寞湮灭不了一片青苔藓

我带来仰望，也带来阳光
试着抹平一些弹痕，擦去部分阴影
做些徒劳无功的傻事

瓮城无语，堞楼安详
烽火台还在张望
我却不是一个戍边人

我有更多虔诚，用目光临摹
追随每一笔虬枝隽意，在一块匾上
驰骋疆场，平息一场战事

墨写的风流敌过了几场厮杀
放眼天下雄关漫道
“两京锁钥无双地，万里长城第一关”

昙花旅馆

大雪过后，罂粟园不再酿酒
那些说谎的日子，誓言也是枚蜂尾针
清凉有毒
缓释的青春剂量刚好，有得一醉

我们好像并不需要一场真正的孤独
只是虚构了风花雪月，在迷途中
喂哺羔羊，牧放花朵
接引不可明知的未来

不是每一晚都能在雪中重逢
更多时候潮汐透胸而过
带走肉身，放飞体内的蝴蝶
慢慢在光阴中老去

长廊将尽，我们未能及时腾出
一所空荡荡的房子安放余生
倒是仓促间
捧出了两具完美的鱼骨

仙 人 掌

一尊仙人掌打坐时
肉身是绿色的

这一年修行尚浅
没有花朵

几番盘转身躯
超拔出一张张入世的面孔
无我相无人相无众生相
在时间的螺旋上亦无寿者相

这时节不用浇水
开口就是多余
一个草本修行者要求甚少
且拒绝双修

这并不影响我伸出双手
有些时候我是你的一只花盆
装满土壤就是莲座
藏了经文才是庙宇

风

小有小的固执，大有大的安详
比如，一只蚂蚁成为上帝的马匹
不需要骨骼荷载，箴言
书写在星云上
唯有触角可以抵达一些光辉
可以终结一些飞翔
黑洞和信息终将遗失
来去之自由正如来去之从容

卷起时空，可以寻到更近的路
卷起生死，灵也有相同的原点
风是你，风穿越你，风吹不散你
风又还原为风
风又离风而去
分身术

我是多么粗心，忘记了
在秋风中，撒下一把草籽
远比扬起一抔骨灰轻盈
每个过来人都懂得，又常常忽略
那些草籽替我们跨越了冬天，喝过太多雪水
在苦难中重生
小小庙宇抱紧一颗心
反复敲打木鱼在黑暗深处拔节
误入歧途的人分身乏术
不能像一棵草，岁岁荣枯
在野火中忏悔寂灭又在春风里醒来
那么多荆棘要么喧嚣，要么寂寥
或者匍匐在菩萨座前
仿佛牵牛花缠绕着昨天
车前子安于现世
蒲公英怀揣了飞天的小绒伞

在宋庄（组诗）

在宋庄，接近一幅画
淀水在这一刻变得轻而明亮

颇像微醉之人最后斟满那一盅
祝福的酒
喝下它即是一首沉醉的晚歌
挥洒出去总觉青山依旧

一个执了画笔的人站在风中
总也扶不起一蒲一蒲倾伏的芦苇
眼睁睁看她们灰白了头发
在视线中一重重淡远
直到被暮云和归雁衔起
模糊成永远无法抵近的往事

他心中的柔软
正幻化成笔尖的柔软
幻化成水的柔软
幻化成苇絮的柔软
幻化成无以言说的眼神莫名关切

唯有唤出心中小小舟楫
才能画出那些无意识的水彩
皴染出的云影
也才能免于给栖霞一次次灼痛眼睛
以至烧得不留余烬

以致他又一次抛了笔
跪成沙洲上一块小小石头
蜷缩起那颗慌怯的心
抚平又揉皱了一个下午的画布
那迫近眉睫的秋天

也只好拜托细脚伶仃的白鹭
为他片刻守望吧

在宋庄，找个人喝茶
洗清你的眉目
在三月湛青
鹅黄、柳绿醒在等你的枝头

一定会有一首小令萌芽
长成明前茶模样
陪了你兀自睡在露水之中
词牌都挂在案边，伸手可采
上阕入茶，下阕入药

烘焙而出的水还会回到体内
置换出前朝风景
玫瑰舞，红楼逸出
枸杞腹黑，三国含蓄
金芸雀舌开口，云水西游
红泥小火炉上煮着孤况的水浒

在宋庄，你也逃不出红尘
有人绕过江湖来陪
就相从半日吧

在宋庄，有你的街头
像阵风刮过
来去之自由正如来去之虚无
一个背影刚好，失落在文化名镇中

阳光细细着笔
有你的街拍不用写实

一些放肆之旅大多如此
脚下慎之又慎，手上几番掂量
不是一幅卷轴可以从容收放
故事老套，其意皆在境外
舞台都为剧中人而设

旁白响起，大幕背后
有人在为广告牌上妆，勾描眼影
眼睛明亮远比画师用色大胆
若干风雨之夜不用吆喝
霓虹那么暧昧一次次为它涂上唇彩
替这个光怪陆离的世界站街

在宋庄，快雪时晴
白雪倾倒了江湖，必有玉兰陷落
每一瓣，要么囚在深闺，要么笺上行云
青衣、水袖都是远景，琵琶写虚
婀娜唱腔在梅枝上吐蕊

这世上总有一场雪为你而来
一个牵马的人难免会误入歧途
隔了画屏问路，行人寂寂
零落的脚印直通画外

颜料盒里盛放了云一样的眼神
笔架上靠了仪态万方的孤独

雪来时一挥而就
此晴方好，堪成一卷

这一场雪来自方外，没有入史
除了你，无人涂鸦
不像一些俚俗小路上，欺骗来得多华丽
醒来便有多泥泞

张 铁 匠

张铁匠一家是从关外逃到轱辘村的。

张铁匠安家落户后支了一个小红炉，每日里叮叮当当打些锄头、镰刀、镐头等农具，养活一家老小。

张铁匠最擅长打造铡刀，明晃晃、锋利无比，铡起麦头来手起刀落，一刀两断，在四邻八乡很是抢手。

据说这张铁匠家还藏了一口千金不卖的宝贝铡刀，重达六七十斤，平素里用黄缎子包着，任谁不借，看一眼都难。有一次老白头用二斤花雕灌醉了他，曾见过一次，张铁匠手起刀落铡断了一根碗口粗的木头。老白头探问铡刀的究竟，张铁匠神叨叨地说了句“我这铡刀里头睡着一把青龙偃月刀呢!”就醉了过去。“吹牛。”老白头笑了一下也倒下睡了。

没过几年，日本鬼子来了，对各县乡村发动了“扫荡”，在轱辘村修了炮楼，派了小队和伪军。由于汉奸刘二狗告密，老白头被查出是县武工队队长，要当众处决。丧心病狂的刘二狗怂恿日本人让张铁匠行刑，用铡刀处决老白头。

日本人恶狠狠地用刺刀抵着张铁匠。张铁匠浑身颤抖，两眼含泪。

老白头大笑：“来吧，兄弟，给我个痛快!”

鬼子的刀架在了张铁匠妻儿脖子上，妻儿的脖子上立马出现了血痕。

听着妻儿的哭喊，张铁匠扛着铡刀一步步走向老白头，牙齿咬得格格响。

刘二狗开始数数儿：“一、二……”

张铁匠走到老白头跟前，颤巍巍，铡刀犹如千金之重……

老白头狠狠瞪了铁匠一眼，小声对他说："抽风。"

张铁匠顿时口吐白沫倒地，手脚抽作一团。

鬼子、伪军笑成一团："张铁匠的胆子小小滴……"

老白头猛一转身向着鬼子刺刀扑去。

扛着铡刀，领着妻儿，张铁匠蹒跚着往家走，丢魂了一般喃喃自语，"爹，想当年义和团，一把大朴刀，您是何等英雄。兵败津门后，您关外避难，为保家人，您把朴刀打造成铡刀，隐了锋芒。可我……为了保住家人，却眼睁睁……"

整个下午，铁匠院里风箱呼嗒嗒吹，铁砧叮叮当当地响，没人知道他在做什么。

第二天早晨，人们发现，鬼子炮楼上一个小队的鬼子全都身首异处，满屋子都是大刀的斫痕。张铁匠一家也消失得无影无踪。

李艳锦

李艳锦，女，1973 年生，雄安新区容城县人。容城县作家协会会员。

她从小就酷爱读书。小学时，母亲给她和姐姐在县图书馆办了一张借书卡，从那以后，图书馆就成了她最常去的地方。

李艳锦喜欢读书，更喜欢写作。她的高中语文老师孙志明曾鼓励她“笔耕不辍，定有收获”，所以，这些年来，她一直坚持在写作的路上。主要作品：《永葆青春的正能量》《母女斗》《别样的幸福》《黑勺子里的母爱》。

李艳锦不仅自己写作，也精心指导学生写作。由她指导的学生作文《奔跑吧，雄安》，在全县“久亿方杯”作文比赛中获得二等奖，还有多篇学生作文发表在《新民晚报》《意林》等报刊上。

作品选读：

黑勺子里的母爱

最近，家里的老房子需要拆迁，我和女儿利用周日的时间回老家收拾东西。老房子里大多是一些放之无用、弃之可惜的东西，我们准备送人的送人，实在没用的就放在一边准备当废品卖掉。

当我们收拾到配房最里边的时候，一个包裹得严严实实的塑料袋出现在我们的面前。我们好奇地打开塑料袋，一把黑黝黝的长柄铁勺出现在我们的面前。顿时，关于这勺子的一幕幕就像过电影一样浮现在我的眼前。

小时候，我们姐弟四个，全靠父亲一人在外面做小买卖维持家用，钱总是不够用，母亲恨不得把一分钱掰成两半儿花。

那时家里只有爷爷奶奶留下的一口大黑锅，烙饼、熬粥倒还好用，可是炒起菜来特别费油，因此，妈妈平时很少炒菜。可是，我们正是长身体的时候，老不吃菜怎么行呢，妈妈看在眼里，急在心上。

弟弟刚过满月，妈妈便不顾家人的强烈反对，硬是利用午休时间，顶着毒辣辣的太阳出去拔草。拔了十几天的时间，妈妈白皙的皮肤晒得黝黑黝黑的，好几处都开始脱皮，人也瘦了一大圈，她终于拔了一大垛草，卖了一块五毛钱，换回了这把长柄勺子。

从那以后，妈妈经常把菜在铁锅里烫熟，再用这把黑勺子在灶头上熬一点油，在油里放几粒麻椒，再放两个辣椒，于是这又麻又辣的拌菜便成了我们餐桌上的最爱。

每到过年，黑勺子就又派上了大用场。妈妈用黑勺子煎花椒粉，煎芝麻粒，每次拌饺子馅，都会有一种清香的味道在屋里弥漫开来。伴随着这特殊的香味，那种温馨的幸福也在我们的心里潜滋暗长。

日子虽然不富裕，但是我们姐弟几个学习都很努力，每次考试都有人拿奖状，这是妈妈最欣慰的事情。不管谁拿了奖状，妈妈都要笑眯眯地拿出黑勺子，煎一个鸡蛋作为奖励。勺子被熏得越来越黑，家里的奖状也越来越多。就在这把黑勺子的陪伴下，我们几个都考上了大学。

时光荏苒，渐渐地，家里的生活好了许多，黑勺子渐渐地派不上用场了。只有到了过年的时候，妈妈才拿出黑勺子，调些糨糊贴春联。每次贴春联，妈妈都会不厌其烦地给孩子们讲这把勺子的故事。这个习惯一直保留到妈妈搬到城里以后。

讲着讲着，我的眼睛模糊了，女儿也听得泪眼婆娑。我和女儿用心地把这把勺子包好，我要把它珍藏起来，因为在它的身上寄托着妈妈对我们的爱，它是我们前进的动力，它就是我们家的传家宝！

彭国忠

彭国忠，笔名心烛、乡野，男，1973 年生，雄安新区容城县人。中共党员。中国散文家协会会员，保定市作家协会会员，容城县作家协会理事，《河北农民报》容城报友俱乐部政委，《河北科技报》容城报友会秘书长。

他生于农村，对农村的一草一木、田野春风有着浓浓的感情。2003 年开始发表作品，主要从事诗歌和散文创作，作品散见于《作家与读者》《容城文苑》《四季风》《荷花淀》等。主要作品：《拾黄豆的二姐》《清明怀念母亲》《父亲》等。另有小说《红飘带下的情事》。2010 年 10 月出版个人文集《一路走来》。

作品选读：

父　亲

红叶是秋的精灵
晚霞是暮的抒情
季节深处
澎湃着我对父亲
心动的　别样风景
如今我的枝叶

繁茂地攀过父亲的头顶
他从高大威武
到瘦小枯干
从壮年到暮年
从人生的繁华到枯萎
从风雨沧桑　一路高歌
从激情燃烧的岁月
到平淡如水的日子
父亲含辛茹苦
拉扯培养
四个儿子，三个女儿
艰难的岁月让人怎能忘

忘不了父亲　在寒风中
骑单车贩卖棉花
忘不了在泥泞中
为我娶亲　买彩灯而滑倒的样子
一个佝偻的身躯
再一次在风雨中艰难爬起
更忘不了　父亲在田间
辛苦劳作挥汗如雨

如今
父亲的青丝变成白发
父亲的目光开始变得黯淡
可是
父亲的爱
却无法用尺来丈量
无法用语言来形容

父亲的付出
是一条奔腾不息的江河
是一片飘满爱的绿洲
更是
一坛陈年的老酒
持久　醇厚
父亲
是我一生一世的风铃
叮叮当当　震撼着
我的人生

母亲河您去了哪里

童年的梦很美
童年的笑很甜
童年的情很真
母亲河
承载着我们纯真可爱的童心
荡漾着我们一圈一圈记忆的　涟漪
游泳打水仗　藏猫猫比水性
水中飘荡着我们灿烂的笑容
那时的天蓝蓝
那时的水清清
那时的我们水淋淋　亮晶晶

一水的情趣　一水的激情
十几年啊，母亲河用她特有的风韵

吸引着我们驿动膨胀的心欲
用她那海纳百川的胸襟
哺育着我们
我们沉浸在您温暖的怀抱里
笑语欢歌　沐浴嬉戏

可这样的日子　却没有长久
可这样的好时光　却还没有享受够
您就悄悄离我们而去
隆隆的机器声　划破悠然的宁静
一幢幢高楼如大山　压住您呼吸的喉咙
——喘息越来越微弱
我们大声疾呼　母亲河呀
不要走，您是我们的唯一
又是一个七月十五放河灯的日子
儿子问我："爸爸，我们去哪里放灯?"
我一时无语　心潮却翻滚澎湃

母亲河您去了哪里
我们再也找不到您的踪迹
母亲河您去了哪里
我们再目睹不到您的容颜与美丽
母亲河您到底去了哪里
我们何时还能投入您温暖的怀抱
聆听美好
感受
熟悉的甜蜜

织女的牛郎

七夕
我早早守候
守候在黑色精灵搭就的
七彩鹊桥上
期待的日子漫漫长长
重逢终于来临
我的筐里挑起幸福和甜蜜
还有诉不尽的儿女情长

今夜重逢
我不再忧伤
任凭喜悦的泪水
在脸上激荡流淌

今夜终于重逢
我不再痛苦彷徨
任凭播种的思念
在心中开花结秧
你，一个深情拥抱
织就天空　那美丽的光芒
你，一双脉脉含情的眼眸
照彻满天星河
牵挂
成为我们　最美的痛
痛并快乐着　幸福着

相信无敌的真爱
一定会感动上苍
渴望不绵的思念
不再久久长长

王会英

王会英，笔名回眸，女，1973年生，雄安新区容城县人。教师，容城县作家协会会员。

王会英生在农村，长在农村，对家乡的一方热土怀有深厚的感情。

2007年4月，王会英的《饮尽孤独的酒》《没有情人的情人节》《火树银花不夜天》等三篇散文被收录于《当代容城诗文集》。自此，她对文学的钟爱渐渐浓郁。随着新媒体的发展，王会英经常通过QQ、博客等平台来发表作品。

2015年至2016年间，由于脚部受伤行走不便，在家休养，空闲时间较多，读读写写便成了她的每日必修课。那段时间是她出作品最多的时候。2015年4月，在《容城文苑》编辑周志永的推荐下，她的诗歌《如果春天可以奔跑》被刊载于该刊第342期。后来，《追寻》《期待相聚》《杂言》《缠绵的雨》《我的世界》《故乡的月亮》等多篇诗歌陆续在《容城文苑》刊发。雄安新区成立后，在容城宣传部举办的“我为新区做贡献”的征文活动中，其作品《有句话我想说》深受好评。

作品选读：

雄安的“黄金”杨

欣赏过香山的红叶
赞叹过路边的梧桐
你有没有见过遍布“黄金”的风景
就在京汉雅阁的西侧
就在白洋淀旅游路的北坡
有一片树林吸引了我

怀揣着梦的渴望
择以闲暇的时光
坐上奔驰的轿车
一路掩饰不住的欣喜
狂奔　狂奔
我心潮澎湃
我情不自禁

看见了　那一地的金黄
看见了　那柔和的日光
这里有数不清的神奇
落满一地
厚厚的一层一层重叠着
一片一片挤压着
相互拥抱
互相取暖

一片一个故事
一片一种情怀
雄安的土地上又多了一抹靓丽
吸引热爱生活的人们趋之若狂

来吧　来吧
来看一看列兵一样挺拔的“黄金”杨
来看一看剑破长空的景象
在这雄安的大地上有一隅
让你如醉如痴的向往

来吧　来吧
约上三五好友
骑上心爱的单车
奔向“黄金”杨的地方
身边的美景向你敞开了胸怀
放下心灵上沉重的束缚
一路欢笑着自由奔放

孟冬青

孟冬青，笔名丹洁，女，1975年生，雄安新区容城县人。小说阅读网签约作家，雄安容城三贤研究会会员，容城镇第一中学“雏鹰文学社”社长兼主编。

她自幼受母亲的熏陶，喜欢评书、电影及文学书籍。十二岁时受当代诗人汪国真的《热爱生命》一诗的影响，开始了诗歌的懵懂创作。初中毕业时，以全乡第一的优异成绩考入县国办重点中学。高二时参加了全国青春诗歌及格言大赛，荣获三等奖，收到《女子文学》杂志社颁发的记者证，这更加激发了她诗歌创作的热情。这个时期主要创作了《写给妈妈》《绿（一）》《绿（二）》《绿荫下》《那年我十六岁》《什么是成功》《走下去》等诗歌，表现了学习成长道路上的艰辛与坚毅以及对自然与生命的热爱之情。

1995年考入张家口师范专科学校学习汉语言文学专业，在河北省诗人姜宇清老师的指导下，诗歌创作取得很大进步。这一时期代表作有《雪》《头发，上翘、下垂》《在海边我捡到了它》《冷玫瑰》《游荡的魂际》《写给远方》《中秋抒怀》《得与失》等，内容涉及青春感受、成长叛逆、人生哲理等，诗风简约、清新脱俗，富含哲理，耐人寻味。

1998年毕业后，就职于河北容城中学、容城镇第一中学，其间支教马庄小学两年。2012年担任容城镇一中“雏鹰文学社”社长、主编。2014年加入容城三贤研究会。

2011年开始尝试小说创作，十一万余字的处女作《永不沉落的太阳》在小说阅读网上发表。

2012年因病卧床，在病床上坚持创作，陆续在小说阅读网发表诗歌选集

《丹洁诗歌选》，连载诗歌二百余首。

这期间还完成了十七万字章回体长篇小说《磨笋山传奇》初稿，后于2013年整理发表于小说阅读网。因文笔熟练，情节起伏，深受读者喜欢，成为小说阅读网的签约作家。

2014年夏，整理、编辑成集《丹洁散文选及见解录》，相关作品陆续在网上发表。

2015年后，一方面着力于古诗词创作，代表作有《中好》《如梦令》《山花子》《采桑子》《醉乡春》《忆秦娥》《浪淘沙》《浣溪沙》《卜算子》《虞美人》等；另一方面致力于现代诗歌创作，代表作有《问红尘》《这个世界》《总有一个梦尚未了》《伊人》《梦醒时分》《独立窗下》等。此外，长篇小说开始尝试探索新的题材内容，如魔幻作品《戈斯登的城堡》、现实兼浪漫主义作品《红房子》。

2017年加入雄安文艺作家协会，步入文学创作之路的新阶段，诗歌创作关注新区建设中的新人新事，讴歌新区面貌与时代变迁，如《故乡的云》《大美雄安》《贺祝雄安马拉松》等。

作品选读：

夜 央 赋

灯光之渺渺兮夜未央，吾心之游移兮胡伤？太行冰冻兮举维艰，淇水难涉兮伊人立。试问洛神兮美目盼，青鸟不言兮为探看。吾驾彩车兮三山隐，雾之茫茫兮不现。风吹裙裾兮发飘逸，誓不回还兮执往。勇士着力兮余渡。乌何之树兮莫为笑，生之灿烂兮何惧？楚歌之悲赋兮大夫咏，小女之离伤兮犹叹。江水之滔滔兮东逝，夫子之感怀兮油然。神之道兮圣人训，颠沛之惶惶兮不缀。荀卿之侃侃兮辄为辩，非坦途之愉悦兮著书，警后人兮释以怀。瞻生活之苦长兮洞以明，怜蚍蜉之昧不察，弃圣人之道兮不顾。日无光兮何为日，倘自保兮汝何存？身之长兮力犹余，不为透兮忍为可。皎之暸兮玉兔升，心之紧驰兮犹归。

淀中秋色

一抹金色笼碧天，几排鸿雁舞翩跹。
老翁弄篙秋痕晚，烟雨蒙蒙入画丹。

腊八情

一场暖白至，万树银花开。
今朝逢腊日，往昔忆情怀。
遥将仙子降，顿把寒苦排。
旺火烧热炕，香粥入梦来。

问红尘

问红尘
你还有多少趣事展现
隐逸着人间欢乐忧伤
我透过这一页纸的距离与你独白
只获得车鸣与流光
才发现，原来叶儿黄了之后
留下的不只是虫鸣

安绍鹏

安绍鹏，笔名少朋，男，1976年生，雄安新区容城县小里镇东小里村人。容城县作家协会会员，蒲城县作家协会会员，老兵汇文学社成员。

他当过兵，有很深的部队情结。在文学的诸种形式中，他对诗歌情有独钟，军营生活铸就的情怀，都被他倾注笔下。在中华微文学、荒烟荼生、黔城眼、水墨秦岭、水菱书坊等网络平台发表上百首作品。

作品选读：

故乡的云

一位大师告诉过我
想家了，就看天上的云
每一朵云都是一种灵动
一个故事，一个活生生的家

我在西藏看云
云是玛尼石，是转经筒，是仓央嘉措
是神奇的布达拉宫殿

宫殿是奶奶住过的老屋
杂草布满台阶
蜘蛛织网定居
锁，忠实的看家护院
钥匙，早就移情别恋
那层层叠叠的灰尘里
藏着奶奶慈祥和蔼可亲的笑脸

我在内蒙古看云
云是羊群，是草原，是马奶酒
是手捧哈达的美丽姑娘
姑娘是村头那个梳辫子的小芳
柳叶眉里的心事
被一双会说话的大眼睛出卖
两个酒窝藏不住喜悦
丁零般的笑声
像百灵鸟清脆的歌唱

我在广东看云
云是黄土，是信天游，是圣地
是一代伟人在窑洞里的那盏油灯
油灯是游子身上衣，密密麻麻的叮咛
门口的老树长出嫩芽
石板凳上在讲述着快乐童年

我在故乡看云
云是珠江三角洲上的那个小渔村
一九九二年的春天
一位老人在那里画了个圈

如今这个圈
全世界的人，都喊它“深圳”

二〇一七年的春天
又有一位设计师
在京津冀的三角土地上也画了一个圈
这个圈就是我的故乡
全世界的人，都喊它“雄安”

当你的秀发拂过我的钢枪

当你的秀发拂过我的钢枪
我站在高高的山冈
矗目凝望
通往家乡的路很长很长
坚硬的脚板把思念丈量
远方的人儿啊
你细瘦的玉腿可曾感到痛痒

当你的秀发拂过我的钢枪
我驰骋在火热的训练场
汗水打湿了绿衣裳
掬一把沙坑的泥土
把你芬芳的体香埋藏
爱在这里种植成长
心爱的人儿啊
你挺直的鼻尖可曾闻到沙土的味道

当你的秀发拂过我的钢枪
我在寂寞的夜空放哨站岗
星星结成伙伴
与我诉说情肠
月亮铆足劲头
把白天的光
射进我孤独的心房
梦中的人儿啊
一抹亮亲吻了你熟睡的模样

当你的秀发拂过我的钢枪
我悠闲地漫步在绿荫路上
蜡染的天空
在一群和平鸽的背后伸展拉长
阵阵的风响
婆娑了树叶的安详
缓缓的流水
惊醒了鱼儿的遐想
娇美的人儿啊
你圆阔的耳边可曾听到悠扬的笛音吹响

当你的秀发拂过我的钢枪
史家岗山上的三生石上
有你的名字和那朵小花
永远盛开绽放

当你的秀发拂过我的钢枪
红了樱桃绿了芭蕉
蹉跎了岁月沧桑了脸庞

当你的秀发拂过我的钢枪
我的钢枪
背在了又一群寻梦人的肩上
你的秀发
盘成了他人的新娘

枪与爱情

男人的肩膀
挑着日月与星辰
却担不起女人的眼泪
男人的手臂
握紧钢枪的冷峻
却攥不住柔情似水

让女人走开的战场
枪
成了男人最温柔的秘密
射出的第一颗子弹
是初恋的吻
弹壳是见证的媒婆

握惯了钢枪的手
是钳子般的硬
却没有征服纤纤玉手的软
三点一线的技术
能校正准星与缺口的毫厘

却校正不了风花与雪月的距离

与枪结缘
便注定了啸啸马嘶
与边关明月
把儿女情长
压进枪膛
扣动扳机的食指
摁出了
一个绿色的流年

李会明

李会明，网名“明月传说”“过时的紫水晶”，男，1977年生，雄安新区容城县人。医师，心理咨询师二级。河北大学医学院临床医学本科学历。现为容城县妇幼保健院麻醉科主任。工作之余喜欢文学、历史类书籍，而文学创作是他最大的业余爱好，十几年来笔耕不辍。雄安新区成立后，他有幸被邀请写作《水滴入海，深爱雄安》。该作品在容城县委宣传部公众号刊出，并获得优秀奖。

作品选读：

凝　　望

无意中，我凝望着你
超过十秒钟
水做的眼神
流落了思念千年的遗忘
那千年不变灵性的水晶
挡不住我多情的幻想
无意中，你对我的凝望
延伸了浮云悠悠绵绵的惆怅

路很漫长
望不到尽头
也找不到来时的方向
就这样，深深地凝望
隔不断的距离很长很长
就这样，我们透过遥远的时空
深深地凝望

刘立华

刘立华，笔名流星，男，1977 年生，雄安新区容城县人。中学高级教师，中国诗歌 2017 年度诗人。现任北京写作学会京南分会理事、北京市反盗版协会会员。

2012 年、2013 年，他撰写的关于田少明、李涛、付东友及中国爱心义工联、淄博志愿者服务队、南通市无偿献血志愿服务队等公益团体的计二十万字访谈稿出版，并在社会上形成一定反响。在国家、省级报刊发表文章八十篇以上，《综合性学习教师做什么》被编入语文出版社《语文》教师培训教材。《磨穿笔砚书羽翼　自有云霄万里高》等数十篇通讯、评论、诗歌等在央视网、人民网等十余家网络媒体发表或被转载。2011 年获中国诗歌同题诗赛一等奖。

作品选读：

不忘初心　继续前行

党的十九大胜利召开，举世瞩目、举国欢庆。诗分阶段回顾我党砥砺前行的光荣历程，歌颂新时代伟大成就和人民美好愿景。

朋友，你可曾记得
当年嘉兴南湖的那弯红船
是啊，我怎能忘记
十一盏明灯如燎原的星火
那红是点燃希望的火种
那船是中国革命的摇篮

朋友，你可还记得
惊醒南昌晨曦的那声枪鸣
是啊，我怎会忘记
五路神兵是开天辟地的镰斧
那光如闪电划破黑暗的夜空
那声如惊雷敲碎鬼魅的痴梦

风一更雨一更，旌旗扬醒工农
穿越历史的长河
峥嵘岁月里你是一团不灭的火

这火是井冈角楼的灯火
油灯如豆彻夜通明
这火是长征路上的篝火
万水千山照亮前程
这火是遵义城头的霞火
雄关漫道浴火重生
这火是平型关口的战火
旌旗猎猎贼寇震惊
这火是延安塔楼的圣火
红星闪闪点亮黎明

山一程水一程，承薪火路峥嵘
走过艰难的岁月
和平年代里你是一盏长明的灯

忘不了开国大典
唤醒东方雄狮的那一声春雷
忘不了改革开放
绘就华夏蓝图的那一次南行
忘不了“三个代表”
人民利益至上是一贯的宗旨
忘不了科学发展
与时俱进以人为本一脉相承
更难忘复兴之路
唱响中华民族伟大的中国梦

梦一生爱一生，党更强国愈盛
翻开崭新的一页
欢歌盛世里你是一首不朽的诗

这是一个崭新的开端
新的理念，我们迈进新的时代
我看到“两个百年”铸就千年伟梦
我欣喜“四个全面”凝聚亿万民心
我自豪“八项规定”换得世世康宁

这是一个全新的中国
新的气象，我们开启新的征程
我惊呼神州高铁开创中国速度
我庆幸中国方案赢取世界认同

我发现世界目光聚焦雄安新城

这是家乡的新区
是雄安人民的新期待
这是中国的新区
是民族复兴的新实践
这是世界的新区
是国际标准的新标杆

九十六年九百六十万平方公里
可这绝不是巧合
这是一个民族高瞻远瞩的眺望
敲响时代的晨钟
我是生在新时代幸福的雄安人
牢记神圣的使命
守一片诗心我愿随您一路前行

家园之游子在冬天的命运（组诗）

我们最终都要远行，最终都要跟稚嫩的自己告别。也许路途有点艰辛……

——海子《小站》

（一）出走

黑暗降临，异乡的月
顺着家的方向如期而来
月光点亮了路灯，街灯点亮了城市
城市，是大山眼中的世外桃源

可城里的人，极为吝啬
每一根骨头，都啃得异常干净
喝了很多水，却依然饥饿
饥饿，是游子梦断桃源的空中楼阁

路灯幸福地睡了。头顶
一颗流星，划破寂寞
投入家的怀抱

（二）听雪

阔别家园，听雪
是这个季节，最实惠的一笔生意
我支起耳朵，雪钻进耳朵
想起来了，这是出走前家乡的那场雪

雪飘落下来。到处都是白色沙漠
白色掩埋了归家的足迹，这不是家乡的雪
城里的夜太冷
雪飘进耳朵，雪冻坏了耳朵

熬过黎明，只是悲剧的开始
看不见路，我尽力张开手臂
却抓不到一丝真实

（三）漂泊

如一枚落叶，漂泊许久
每一次出走，都失去一条道路
没有过冬的粮食，我不敢冬眠
出去碰碰运气吧，趁我的脚还醒着

寻一个角落，纵声高歌
换不来银子，至少能驱散寒冷
没人会在意我的表情，人们已经习惯了
用冷漠的后背，看我

终日的漂泊，我的乡思日益严重
灾难正从嘴里悄悄赶来，我想去看医生
而我的语言，已无人能懂

（四）轮回

就连春天，也无法融化这冷漠的隔阂
迷失了自己，所有的机缘都交臂而过
我惶恐，我想走，我不敢走
始终保持一种姿势——蜷缩

就连黑夜，也无法遮住这漆黑的夜色
寒冷正渐渐逼近，我的脚趾已经冻僵
我彷徨，我想唱，我不敢唱
怕看不到天亮，我不敢睡去

月亮升起来了，照见了家乡
家乡，穿过黑暗……
那晚，幸福开得又大又圆

家园之月光（组诗）

月光（一）

夕阳困了，此刻
月光是最羞涩的时候
像鱼的眼睛
天上，长满了星星

寻一弯月牙做成诱饵
梦想能用整夜的思念，钓你入梦
可那个夜晚真的很暖，那些家园
又不肯陪我一起醒着

远离家园，我的心也从此干涸
月亮提着欢乐，溜到了另一家
就像对水的渴望，有一种声音在呐喊：

如果家是温馨的港湾
为什么只有出航时
我的心才会露出笑脸

月光（二）

此刻，夜幕降临
该是月光上路的时候了
玉盘，撒在天幕上
摇碎了满天的星光

寻梦，就长一双梦的翅膀
夜幕下，几道遗落的清辉
斜洒在时间的旷野上，一些无端的奢望
竟迫使我的思绪停下脚步

无法再去触摸那些刻满欢乐的日子
你还在远方，所有的梦都已启程
而我，还在另一间心房，踱着步子

擦肩而过的声音很低
有什么东西摔落下来
是我漂泊的心

月光（三）

许是匆忙，月亮回家的时候
竟把月光丢在了路上
一些心事就这样，轻易地从一支笔中
汩汩流出

夜色在加重，思绪一刻不停
那么多月光，那么多疏梦
那么多思念，那么多憧憬
而我却坐在窗前，无动于衷

当月亮休息的时候
歌声，也消失殆尽
幻想——如期而临

如果你愿意

请牵我的手
在这平淡的日夜

月光（四）

无人醒来的夜晚
我将圆圆的意念放飞
我是异乡的游子，我纵声高歌
反正没有人，会在意我的表情

闲暇时，我会拾起陌生的乡音
捧在手中，犹如窥视一个女子
此时的夜空就像一面镜子，透过月光
关于家乡的记忆清澈见底，一览无余

而远离家园
我深知我的命运
是从天而降的一滴水

水滴下来
烫伤
我的心

李建敏

李建敏，男，1977 年生，雄安新区容城县人。容城县作家协会会员，中学高级教师。

毕业于河北师范大学。钟情于文学，喜欢散文、诗歌，有多篇作品发表。曲艺方面尤喜京评梆，对京韵、京东、西河有较深认识。

李建敏对写作颇有心得：充实本为感觉，平和是种心境。直面喧嚣，扎根净土，脚踏实地，仰望星空。任时光荏苒，征途辗转，酸甜苦辣，笔耕不辍。

作品选读：

品 味 孤 独

喧嚣的时代，孤独已然成为奢望。

淡泊以明志，宁静而致远。远隔喧闹，超凡脱俗。孤独不等于空虚，不是清高，也不是孤傲，而是策马扬鞭之余的置身事外，是万马奔腾中的冷眼旁观。速度与激情，豪迈与疯狂，都不如理性沉稳、从容淡定更具韵味。波澜壮阔能震撼心灵，风平浪静也令人心驰神往。

浸润孤独，苦水化作一杯清茗，深酌浅饮，慢慢思索，与心灵对话。涤荡灵魂，净化浑浊，孤独是穿越灿烂的另一种低调。

孤独是远离市井，闭门修炼。物欲横流，清身物外，无声色犬马之乱耳，无殚精竭虑之劳形。曲终楼空的凄婉，人群冷落的惆怅，托付孤独，在寂静的黑暗中为自己撑起一方小小的晴空，艰难跋涉，虽踽踽独行而不苦闷。忙碌繁杂之余，走进田野，拥抱自然，独赏草绿花红麦青青、鹊舞蜂飞蝶翩翩，聆听莺啼北里、燕语南邻，嗅一嗅花香瓜甜、风中清凉，亲一亲鲜鲜的荠菜、蒲公英，摸一摸嫩嫩的柳芽、杨花。忘却烦恼忧愁，还心间以安详，散步也是散心。人生需要彻悟，更需要宽容，有舍才有得，轻松放手，一切释然。

孤独是一种心态。忘却红尘纷争，忘却繁杂琐碎，忘却富贵荣辱，忘却成败得失。宠辱不惊，清心寡欲，与世无争。四方辗转，岁月流离，不因风云变幻而惋惜生不逢时，不随斗转星移而慨叹时过境迁。于纷扰中求得豁达，于繁杂中求得无谓。茫然而不无助，疲乏却不萎靡。“躲进小楼成一统”，不被理解又何妨？用舍由时，行藏在我。无力改变现实，便在现实中随遇而安。剔除急功近利，万事看淡，也减少了心浮气躁。

孤独是一种情怀。寒江独钓的清逸幽远，大漠孤烟的苍茫辽阔，自我怡然，蕴乐于怀。甩掉无奈，摆脱失意，独倚轩窗，眺望远方，近观足下，痴痴发呆。闲愁几许，随风而逝。凝固了空间，静止了时间。可以思接千载、心游万仞，可以纵横天地、骋怀八荒，也可以什么都不想，只以孤独为伴，享受那份免于烦扰的温馨、幸福。

孤独是一种消遣。时间有紧有松，静静捧书四阅，身临光风霁月、丽山秀水，体验楼船夜雪、金戈铁马。与鸿儒畅谈，与贤才共饮，掩卷遐思，深彻人生。孤独中只有自己的唏嘘感慨，颔首摇头，无人指手画脚，无人说东道西。或铺张宣纸，蘸墨挥毫，尽情书写心绪，一切荣华名利烟消云散，金钱如粪土，艺术真无价。或执笔抒发文字性灵，直抒胸臆，汪洋恣肆；迂回婉转，曲径通幽。文学需要敬畏，唯环境安静才可以顶礼膜拜。风雨中蜗居一隅，自得其乐，独而不孤。

孤独是一种蓄势。蚕蛹化蝶，瞬间的美丽，蕴含多少艰辛准备？脱胎换骨，一刹的光鲜，包藏多少汗流浃背？没有勾践卧薪尝胆七载，就没有三千越甲吞吴的雪耻；没有李牧养精蓄锐多年，就没有赵国对匈奴的一举歼灭。隐忍背后是韬光养晦，“怯懦”背后是秣马厉兵。潜心刻苦，自甘寂寞，是为将来的全新崛起，是为日后的痛快杀敌。古来学子十年寒窗，举贤良，忠君报国，功成名就；而今精英数载卓绝打拼，成事业，持之以恒，身份显赫。踏实努力，恪守孤独，终会增加生命的厚重。孤独的过程漫长而乏味，不懈追求，才能成就辉煌。专心致志才能挖掘身心的巨大能量，厚积薄发方能出奇制胜。急于求成必欲速不达，耐住孤独必升华无穷智慧。

品味孤独，咀嚼人生的苦辣酸甜，惠风拂去困顿的尘埃，甘霖润泽脆弱的心花。时光缓流，心性慢慢沉淀。回眸过往，已是山高水长；远望前程，依然海角天涯。拾一缕温润入心，守一丝安然随情，任流年荡过指尖。品出静谧，品出激越，品出美妙，品出崇高。孤独让心灵更沉稳，让生命更坚定。

孤独的核心不是伤感消极、无为闭锁，强大的内心才是不会沉沦的精髓。孤独而不颓丧，孤独而不堕落。在孤独中享受那份清净与闲适，享受压抑的火热。当从孤独中走出，于学习增添一分慢下来的诗意，于工作增添一分扬起来的澎湃。

李 艳

李艳，女，1977 年生，雄安新区容城县人。保定市作家协会会员，河北省容城县八于乡中学语文教师。

为了能成长为一名更优秀的语文教师，她不断充实自己，利用业余时间，不仅认真读书，而且自己尝试文学创作。主要作品：小说《追梦人》《沙扬娜拉》，散文《一个中学生的一天》《我和我的母亲》《我是中国人》，诗歌《归航》《柳》等。近期又创作《寻美之旅》《幸福像花儿一样》《小扇轻摇的时光》等文章。

作品选读：

柳

二月的春风
带着一丝微寒
叩开了柳姑娘的心扉
万条丝绦齐舒了黄绿的眼
瞬间惊醒了所有的绿意
将大地点染

柳姑娘轻轻舞动她柔美的秀发
拨动着春风的心弦
似与春风倾诉着一冬的思念

小雀也来凑热闹
咿呀咿呀地与柳姑娘喃喃细语
清脆婉转的声音
与轻风应和着
好像在说
春天来啦
春天来啦
把耳朵叫醒
快来听这美妙的春之声
……

从　前　慢

从前慢
在儿时的时光里
一个有趣的游戏
能够任性半天的光阴
玩不腻，闹不散
欢乐
漾开在浅笑的酒窝里
沉醉于甜美的睡梦中

从前慢
在读书的岁月中

清脆整齐的琅琅读书声
在清晨第一抹阳光里回荡
奋力飞奔的脚步
在运动场上
彰显着青春的力量
梦想在每一天的拼搏中明亮
信仰在每一刻的坚定里闪光

从前慢
一封书信的等待
墨香在指尖芬芳
友情在文字间徜徉
思念在等待的时光里
发酵沉淀
像陈年老酒
醇香厚重
回味悠长

从前慢
喜欢一个人
深情如水的双眸
可以穿越千年
来到你面前
带着无限的眷恋
一个默契的眼神
可以两情缱绻
一个会心的微笑
足够倾世温暖

从前慢
……

小扇轻摇的时光

吃过晚饭后，我和爸妈坐在庭院中的梧桐树下乘凉聊天，手里拿着小扇轻摇着，仿佛又回到了儿时的时光。

那时的夏天，没有电扇，更没有空调，也没有其他的电器，整个夏天就是一把扇子解热，一个庭院安身，几张嘴巴说话解闷儿。还记得家里仅有的电器，就是一支手电筒。每天晚上，我们姐弟三个拿着它照亮儿，开开关关，玩捉迷藏。这对我们三个孩子来说，就是最开心的游戏了。直到一天，爸爸两手抱着个大家伙回来了。我们三个兴奋地围着爸爸问这问那，因为家里添了这新鲜物儿——收音机——而欢呼雀跃。以后的夏夜，我家的庭院里，除了爸妈的讲故事声，还多了更多的好声音。单田芳、刘兰芳的评书，让我们听得津津有味，我们在《白眉大侠》和《岳飞传》的英雄故事里沉醉，弟弟还时不时地学几声评书大师独特的音效"哇呀呀……哗……"，然后我们仨笑着抱成一团，一家人在笑声里挨得更近！而优美动听的音乐之声，更是让我们感受到音乐的魅力，听得专注忘我，陶醉其中不自知。一家人在安静中忘了时间，爸妈手中的小扇摇得更舒展了，释放了白日的疲惫，眼睛里满是欢喜与欣慰。

欢乐的时光，总是伴着感动。妈妈说我小时候一热就浑身起痱子，特别是到三伏天的晚上，痒得一宿挠，睡不好觉。于是，爸爸就带我到房顶上睡觉，上面高，凉快一些。可有一次妈妈半夜醒来，出去看我。这一看，可不要紧，大热天的，把妈妈吓出了一身冷汗。妈妈后来说，她看到房檐上耷拉着两条小腿儿，没敢作声，悄悄地以最快的速度顺着梯子上了房顶，一把抱起了我，让我远离了危险。原来我睡觉不老实，一直滚到了房檐边。从那以后，妈妈再也不让我上房顶睡觉了。到了晚上，哪怕再困再累，她都把我圈在臂弯里，拿着扇子一直给我扇，直到我睡踏实为止。每个夏夜，妈妈不顾自己白天干活儿的疲惫，还要照顾我一宿。妈妈每天很辛苦，却从不抱怨，只愿她的孩子们健康平安地长大。

小时候，不知多少次，妈妈不停地摇着小扇，让我在没有风的夏夜得以酣睡。而妈妈因为头疼怕扇电扇，怕吹空调，已经很多年了，总是自己躲在没有电扇的角落。亲爱的妈妈，我小时候，您给了我在您臂弯里的安全感和夏夜清凉，今晚，就让我做一次妈妈，您当一次孩子吧。此刻，就让我陪在您身边，拿起小扇轻轻摇，把您揽在我的臂弯里，给您一夜安稳，陪您一起等风来！

小扇轻摇的时光，是清凉的、安稳的，更是快乐的。在我生命的长河里，它就像天空里一颗最闪亮的恒星，照耀着我前行的脚步，给予我生的力量和战胜困难的勇气，使曾经在黑夜挣扎的灵魂得以安放，不再孤独。在苦乐循环中，一颗心不断成长蜕变，不忧也不惧，不慌不忙地坚强，像夏荷般绚烂，从容优雅地盛放！

肖丽丽

肖丽丽，笔名月依然，女，1977年生，雄安新区容城县人。河北书画诗词艺术研究院院士。

肖丽丽早期的诗风，灵秀而自具风骨，如“亦曾小小分明绿，不向西风乱点头”（《咏竹》），谦抑中自蕴傲兀；“我既飘然开，应许飘然谢”（《拟丁香寄答》），落寞中仍带洒脱；“大事于今惟去病，山花到死不栽盆”（《浣溪沙》），极尽萧索而不堕颓唐。这个时期的她，生活中不如意事较多，故形之于诗词，多有悲声。历练既多，心胸和视野更宽阔后，肖丽丽的诗风渐渐趋于沉实平和。

作品选读：

陌　上　行

我来陌上行，犹着旧时裳。花既不我识，人亦离殊方。野云无定所，丘垄各成行。夹径延山麓，坐拥十里芳。疏密横篱落，层叠续梯航。垂垂如侧耳，皎皎溢流光。蛱蝶殷勤致，不劳风度香。暂息尘嚣下，聊以慰中肠。

养肉观

狷者有不为，达者欲保身。以我养愚地，来营一角春。瓯瓮如对揖，德馨必有邻。蘖叶浅覆土，扦枝深培根。得光长照耀，着水莫殷勤。或迸烟火色，或绽酒醺唇。斑斓出蜀锦，旦暮积楚云。肥厚在自藏，适性安贱贫。得以契白首，何必贵黄金。我年虽未老，亦久居嚣尘。持之以阅世，所见多沉沦。

登华严寺听禅

流涧抛珠碎，山萝欲近人。
僧门云缱绻，法径石嶙峋。
观雨如来客，听风似养神。
茫茫何所悟，不觉花满身。

别家半载，短归

匍地牵牛小，迎门新径斜。
别来多少事，隔雨问桃花。

卜算子·梅

爱此岁寒枝，移向长瓶里。如见孤山十里围，晨露梳妆起。　　自性本贪凉，生在春之外。若得攀枝解送人，不是春之媚。

卜算子·拟丁香寄答

我既悄然开，应许飘然谢。明月依然照紫衫，一掬香盈把。　君或不我闻，或有些些话。不过清风弄影来，去也无凭借。

浪淘沙·栀子花枯有怀

相顾总无言，风露便娟。琉璃碧里水晶冠。撷得一枝襟上老，开到香残。
零落有谁怜，花事阑珊。也曾疏雨逗清寒。最是无情楼外月，三五团圆。

浣溪沙·网事感怀

一尺方屏困此身，每因笔下费精神。可怜虚妄已三春。　大事于今唯去病，山花到死不栽盆。何须风月苦留人。

满庭芳·游郭里口寄司雨、白雨、旭龙

醉苇摇空，絮云泊水，悬波素袜夷犹。岂无萍泛，一叶可移舟。疑似潜鱼濡沫，连珠袅，深草浮沤。婴蛛网，残霞淡日，锦线钓金秋。　勾留。如大梦、才倾绿蚁，又酌莲瓯。更西风屈指，不尽东流。何必江南塞北，此中乐，堪约重游。烟波渺，期年旧事，坐与说从头。

夜游南惹偶得

夜未深时路已迷，山中灯火向来稀。
一天星月云遮却，唯有浮萤上我衣。

辛　敏

辛敏，女，1977 年生，雄安新区容城县人。容城镇第一中学高级教师。团中央《身影》榜样人物网络主持人，保定家校读书协会会员，容城县作家协会会员，容城教育局《师魂》杂志主编。

辛敏毕业于河北师范大学汉语言文学专业，本科，从事语文教学二十三年，曾获“保定市优秀班主任”“保定市名师”“保定市骨干教师”“容城县初中语文学科带头人”“语文学科名师”“容城县教育先进个人”“师德标兵”等荣誉称号。多次参加省、市优质课，教学设计，说课大赛等，获省级一等奖 2 次、三等奖 2 次，市级一等奖 4 次，市级二、三等奖共 3 次。

辛敏喜欢教师这个职业，喜欢课堂，喜欢学生，尤其喜欢读书和写作。她的作品和论文多次发表并获奖，她的学生也多次在全国作文大赛、河北省作文大赛上获奖。

作品选读：

别人的领土（节选）

10 月 4 日早上带孩子回县城。路上车不多，碰到开阔的地方她就滑滑板，我在后面骑着自行车悠闲地跟着。地里停靠着蓝色的三马和轰鸣着的红色机器，忙碌的人们正在以大地为巾，把收获后的土地重新又慢慢地编织成多彩的锦绣。一年又一年，春种夏收，周而复始。秦牧在《土地》中说："……在几十万年之间，人类在这上面追逐着野兽，放牧着牛羊，捡拾着野果，播种着五谷……当你这么思索的时候，大地上的红土黑土，黄土白土，仿佛都变成感情丰富的东西了，它们仿佛就像古代神话的'息壤'似的，正在不断变化，不断成长，就像具有生命一样。"在我看来很平凡的一块块田野，实际上都有过极不平凡的经历，而勤劳的人儿给大地增添了丰富的表情。

我从记事起一直到十三岁一直在与土地打交道，那时候就感到广阔天地，大有可为。我最北到过沙河营与我们村的交界处给蚕宝宝摘桑叶；最东到过北城砖窑，那时候因为村里打狗，我带着弟弟、妹妹，连拉带拽着我们叫作四眼的小黑狗，躲到北城砖窑附近的大渠沟；最南到容固公路；最西到北张幸福院。

春天，地里长了好多桃树、杏树，我们就相约去找，找着后挖回家栽在院子里。一开始我总把喇叭花秧和小桃树弄混，时间长了，发现小桃树叶子偏黄，偏大，茎较直立粗壮些。大概是四五年级的时候，我们村好多人外出收破烂带回个消息，说塑料布三毛一斤。我们又争抢着去捡拾地里的塑料，我最多的一次卖了六元，这可以说是我人生中很重的"一桶金"。后来地里白色污染越来越多，不知怎么回事儿，废品站反而不收了，这让我很是郁闷。

我们上小学、中学时，每周休一天，没有暑假一说，只有麦假和秋假，麦假一个月左右，秋假一般是四十二天。我们帮家里干完后就要到别人的地里去捡拾。由于收麦子时正是炎热的天气，小伙伴很少愿意去，我只能跟在婶子、大妈们的后面去捡拾麦穗。而秋天就好多了，搜白薯、拾花生、拣黄豆……实际上，说是拣黄豆，还不如说是挖老鼠仓。等到秋天地里的庄稼丰收了，老鼠也准备好自己过冬的粮食了，都说狡兔三窟，老鼠不亚于兔子，它也有好几个洞，所以找洞口非常关键。一般我们是几个人合作，有在一个洞口挖的，有手里举着工具守着其他洞口的，一旦老鼠跑出来大家立马上家什儿。

我最拿手的是搜白薯（我们村叫白薯，东边的村子就叫山药，而南边的一些村子却叫红薯）。之所以说搜，因为找白薯必须讲究策略。凭我的经验，有两个地方最好。一是地头。这个地方栽种和施肥、浇水一般主人不在意，土比较硬，在收获时容易落下。二是中间的垄。因为人们干活儿都是一开始热情高涨，后面也许累了就会懈怠一些。可有时你不知主人从哪儿干起，就折中吧。我们一般活动的场地在村子南边。

我们到了一块地后要马上占垄，占好后别人是不能抄后路的。大家挖着挖着最怕听到嘎吱声，坏了，伤着白薯了。要是有人搜着大块的，那兴奋劲儿会把大家都召集过来。因为让他们羡慕的次数多了，妹妹的朋友就放话给她，下次出来不要带着我。呵呵，小屁孩，谁带着谁呀。

有一次搜着搜着，不知谁指着远处的一个高高的坟头说，听说那里埋着宝贝——铜钱之类的。那时我们自制鸡毛毽子需要铜钱，于是几个大点的跑过去，在周围拿着瓦片刮起来，最后只有一个小伙伴幸运地找到一枚贰分的硬币。还是搜白薯过瘾，一个多小时就一篮子或半筐。

战利品多了，男孩子就会随地挖个坑烤着吃。那时我的弟弟经常带领他的徒弟们在我家房后做这项工作。战利品抬到家一般是整块的和面相好的留着烤着吃或者熬粥喝。小块的我们称之为小须啉，煮好后晒成白薯条。一些伤着的或不成样子的切成片晒干当猪饲料。白薯要在窗台上晒几天或放些天才好吃，到那时等妈妈做好饭后，在灶台底趁着余火未烬埋上几块，等吃好饭拿出来，味道真的好极了。

而今我和女儿又经过这片土地时，我自豪地对她说：“成成，这是我小时候咱家的后花园。”

但愿她懂我的欢喜。

何瑞涛

何瑞涛，女，1978 年生，雄安新区容城县人。容城县作家协会会员，南张镇野桥中学教师。

多年来从事初中语文教学工作，潜心研究教法以及学生的作文写作。2007 年参与市级课题《初中作文序列训练》的研究工作并结题。2013 年在全县中小学生环保征文比赛中荣获优秀指导教师奖。

由她指导的学生作文，有多篇发表在《作文点评报》《新课程报语文导刊》《初中生周报》《语文报》《保定日报》上，并有多名学生的作文在河北省初中生“雏凤杯”作文竞赛、河北省中小学生作文竞赛等赛事上获奖。

何瑞涛最崇拜的作家是莫言。而她自称是一名不太合格的文学爱好者。因为在她看来，合格者，应心向文字，笔耕不辍，而自己尚需努力。

作品选读：

洛阳游记

这是一次治愈系的旅程，把一个人从昏昏欲睡、百无聊赖改变到喜悦无比、意气风发、斗志昂扬。

洛阳老城，那带着淳朴的乡土气息的丽景门，那悠长的老街，斑驳的石板路，明清的牌匾，香浓诱人的浓汤、花饼……无不向人们诉说着九朝古都的韵味与时光流转。

明丽的春光里，隋唐牡丹自然遗址的千亩大花园中，群芳争艳，人流如织。我从千里外赶来，参加这一场华丽的盛会。

微风，只为舞动你飘飘的衣裙。碧水，只为映照你的千姿百态。花海里你舒展美丽的身姿，只为让我看见你最灿烂的笑靥。

你是热烈的洛阳红，大方竞放，仪态万千；你是娇羞的姚黄，典雅清新，宁静怡然；你是神秘的二乔，一半是妖娆，一半是美艳；你是端庄的墨玉，深沉里蕴含理性，睿智里展露情怀。

大朵的层层叠叠，丰润饱满，可是谁遗落的花冠？半开的遮遮掩掩，羞涩无比，装点了谁的豆蔻华年？纯白的晶莹剔透，黄蕊点点；浅粉的闪耀光芒，银光灿灿；并蒂的在枝头炫耀，花蕾还藏在嫩叶间……

我问你，你可是从大国千年的文明中走来，展示你的富丽堂皇、华贵雍容？你可是从万里江山的画卷中走来，让百花失色、梅竹汗颜？你一定是一代女皇在东都最眷恋的风景，你一定承载着寻常百姓梦寐以求的荣华，你一定亲历过大唐盛世的繁荣昌盛，你一定伴随历史将好梦又穿越了千年……

沂河上两座风格迥异的桥将龙门山和香山牵连成一幅画卷。宽阔的视野里，蓝天碧水，峰峦石窟。

穿过大庙，再穿过龙门桥高大的桥洞，人流在龙门山脚下蜿蜒流动，虽井然有序，却总也无法十分靠近石像，就连想与石像合个影，都会是一张有着无数陌生面孔的合影。

于是，走远些，不再攀登，便也不再拥挤。这才发现，山不太高，一处处要么怪石嶙峋，要么洞窟里的石像模糊一片。或许是已经被风雨侵蚀，或是被人为毁坏吧。于是无不遗憾地走过木桥，从香山这边朝来时的方向往回走。

隔河望去，龙门山上虽大小石窟无数，但有那么两处是极为显眼的。一处是西山大佛，一处是万佛洞。西山大佛端坐山间，流畅的线条、传神的微笑，瞬间把我征服。这是我见过最美的微笑，慈祥、静美、仁善、和蔼，人间一切温暖的语汇都无法形容他的神韵。万佛洞不知有多少洞窟集中在一处，像是从山顶望向地面的一个个村落。

香山寺掩映在绿松翠柏中，袅袅的烟、悠扬的钟声，似乎都在告诉人们此处香火的旺盛。而并不远处的白园里有白居易的墓地，想必这位伟大的诗人一定常常凝望着沂水，日夜祈祷国泰民安吧。

高艳艳

高艳艳，女，1978 年生，雄安新区容城县贾光乡高庄村人。容城县作家协会会员。大学毕业后一直从事高年级语文教学工作，并担任语文教研组组长。

中学时，高艳艳就深深地爱上了写作，她的作文经常被老师当作范文在班里阅读。她课余时间喜欢看课外书，邻居家成了她经常去的地方。因为邻居的爷爷在政府部门工作，藏书多。因为阅读，她常常流连忘返。对书的热爱，为她日后的写作打下了基础。

在诸多作家作品中，著名作家老舍的作品是她的最爱。受老舍作品的熏陶，慢慢地她也尝试着写文章。其文字，素材大多来源于教学生活。多年的练笔，终有收获，2007 年获第二届“河北省中小学生优秀作文大赛”优秀教师称号。

主要作品：散文《一份珍贵的记忆》《带母亲去看海》《家乡的拒马河》等，诗歌《雄安的第一场雪》《蜗牛的心愿》等。

作品选读：

雄安的第一场雪

北方的雪悄悄地来了
带着冬姑娘的问候

带着雪姐姐的喜悦
轻轻地
轻轻地
降临雄安

你瞧！大地母亲披上了洁白的银装
那一株株挺立风中的白杨树
在雪姑娘的装扮下
愈发挺拔美丽
那曾经顽强的一抹绿
也悄然退出了竞技的舞台
只剩那耀眼的白色
骄傲地独享这静寂的夜

空气中弥漫着快乐的味道
雪地里那一个个跃动的身影
是孩子们在尽情地享受雪的美好
街头那个俏皮的雪人
一定是他们的杰作
瞧！那个头戴草帽的雪人
咧开嘴朝着他们笑
雪地里留下一串串歪歪扭扭的小脚印
深深浅浅满是欢笑
你听！那咯吱吱的伴奏和着孩子们的脚步
奏响了一支支优美的童谣
飘向远方

雪地那头一个个大招牌依稀可见
那是雄安建设吹响的号角

垃圾清理车穿梭来往
身着橘色衣服的环卫工
躬身清扫
他们用满腔的热情
带给了严冬暖暖的希望

雄安的第一场雪
她见证了雄安的崛起
看到了雄安的希望
雄安人民撸起袖子
走在追梦的路上
数风流人物
还看今朝

王艳楼

王艳楼，女，1978 年生，雄安新区容城县人。容城县作家协会会员。

1997 年参加工作，中文本科学历，汉语言文学专业。在职教师，担任语文教学和班主任工作。业余爱好写作、书法等。

1994 年，考入河北涿州师范学校。在校期间品学兼优，入学第二年便担任校团委宣传部部长、“桐花文学社”社长等职。她那时很喜欢朱自清、丰子恺、老舍等人的文学作品，并在校宣传部刊物和文学刊物上发表了多篇作品。至于写作，她觉得文学素材一定要来源于生活，个人本真的情感体验是作品具有生命力的关键，“求真、向善、寻美”是她的创作理念。

毕业后，她感觉自己的文学素养还需要进一步提升，于是边教学边学习，自学完成了汉语言文学的本科课程。

主要作品：《米色毛衣》《花香心语》《一棵大槐树》《零碎的断章》《人在旅途》《向日葵》等。其中《米色毛衣》等被登载到县宣传部报刊上，《向日葵》一诗获“祖国好”杯华语大赛一等奖。

作品选读：

米色毛衣

冬季，一个晴朗的假日，我和儿子去逛街。

商场里暖气吹得很热，我和儿子厚重的棉衣早已抱在怀里，一路走来觉得有些疲倦。

一件长款毛衣映入眼帘，柔和的米色，精致的纽扣装饰，半圆的编织口袋，V型领口配以同色长围巾，显得那么大方飘逸。我顿时来了兴致，穿它在身上一定会很美丽。

服务员热情地介绍："这是今年的最新款，试试吧，很适合你！"啊，柔和的米色，我最喜爱！

刚要试穿，儿子的声音响起："妈妈，我饿了，快走吧。"看看疲倦的儿子，想想还要到狭窄的试衣间脱来穿去，就犹豫起来：寒冷的冬季，我总被包裹在厚重的棉衣里，买回把它摆在橱柜里？等暖和点再说吧。

"算了吧。"

说着，我领着儿子离开，临近出口，脚步竟迟疑起来，真的很漂亮哎！

一阵刺骨的冷风迎面吹来，我们已出了大门口，等暖和些再说吧。

几天过去了，十几天过去了，心里总放不下。天气还未转暖，我早已迫不及待地独自去看那件米色毛衣。一楼，二楼，三楼，脚步匆匆，直奔那个柜台，远远地，显眼的左边模特已然穿上了一件蕾丝边火红上衣，那么鲜亮，那么刺眼！

我的米色毛衣呢？

我不相信自己的眼睛，转遍了每一个角落，也没发现它的踪影。

"你好，看看有合适的吗？"服务员依旧用热情而甜美的声音问道。"哦，你们卖长款毛衣吗？""哦，原来有的，都已卖完了，那批货销得特别好……"

我的心一下子沉下去，服务员再说什么，头脑里已一片茫然……

我毫无目的地转了一会儿，各个橱柜里又新添了许多新款，可我怎么也提不起精神，我的米色毛衣啊，占满了我的整个思绪。

为什么当时不买下呢？我不禁自责，很长一段时间，我不再逛街。错过了，总感觉会遗憾。

其实人生中许多事何尝不是如此呢？未成行的一次旅行、没参加的朋友婚礼、没抓住的一次升职机会……

我们本是上帝咬过的苹果，哪能没有遗憾呢？

米色毛衣穿在自己身上就一定好看吗？有些事情错过了，未必是坏事。

遗憾和完美，是一对孪生姊妹，是我们人生路程中的不同风景。在行进中，只有对照彼此，才会发现我们的人生如此丰富而美丽。

所谓的完美在追求中已然享受！

庄爱琴

庄爱琴，女，1978年生，雄安新区容城县南张镇沙河营村人。容城县作家协会会员。

她从小喜欢文字，喜欢与文字对话。海子的《面朝大海　春暖花开》让她爱上了文学，开启了她的文学梦。有多篇作品发表于《雄安文苑》。

作品选读：

写在春天

谁向春天栖息的枝头
去问询伤感的落花
谁向夕阳渲染的天际
去挥别如血的残霞
谁曾踏着吱吱有声的冰雪
去追寻精魂吐艳的铁骨奇花

谁在诉说
落花惹出的久远故事

一页页一声声
浸透着温暖与凄美
飘散在风里
打湿在眼里
尘封在诗里
悄然萌发在
你我幽幽怨怨的情绪里

谁在期待
那一抹不忍消散的残霞
穿透明暗交辉的天宇
燃烧在又一个别样的黎明
点亮星空点亮岁月
点亮诗人那双黑夜
给他的黑色眼睛

谁在欣赏
冰雪苍茫的天之尽头
那朵血红的生命
刹那间砰然绽放
一声轻叹
就叫醒了远方的春天
只一声
就点燃呐喊狂奔的漫山野花
诗意荡漾的满眼春色

用洁白的雪擦亮夜

大地开始变远
枝头已经枯黄
白天装进寒冷的行囊
河流在转弯的地方
打了一个结
有一棵树不愿睡去
在等待雪花的马蹄
有人在隔窗守望
装饰一新的街道
我悄悄举起一只手
对着遥远的天空
挥动最后一面旗子
我要用洁白的雪花
擦亮夜黑色的眼睛

无 尽 的 夜

我坐在水里
与流动的时间为伴
乌云脱光衣服晾在岸边
秋叶赤裸着身子
等偶尔出现的流星
一起沉入有些凉意的水底

不要担心府河溅起的水花
会淹没唯一的回舟
河流转弯的地方
有不再长高的村庄
和袅袅升起的炊烟

泅渡在看不到边的文字里
撕碎的黑色爬上裸露的山
谁在抚摸星星潮湿的眼睛
布谷鸟的声音排列在井边
那些执着要离开的人啊
一次次回忆增加的重量
已经压垮了一座青石小桥
和山上纵横交错的月光

不要与下落的叶子交谈
初秋撕开树的伤疤
风肆意吹过来的时候
疼痛堆积在无人的树下
躲在涧水里的叶子
也不愿与我随波逐流

亲爱的，你是否能够做到
不再为我打捞发黄的月光
把星星和虫鸣踩成一条小溪
挂在我今夜的窗前
你依然脚步轻轻
蜿蜒的梦波澜不惊

张建英

张建英，笔名心盈，女，1978年生，雄安新区容城县人。河北省音乐文学学会会员，容城县作家协会理事。

1997年至2011年任中学语文教师，写有多篇教学随笔。2011年至今借调至容城县委宣传部，写有大量人物传记。

她身世较坎坷，因此她的少女时代是忧郁感伤的。她不爱说话也不爱笑，常为花叶的凋零、露珠的滚落而伤心。是书给了她战胜孤苦的勇气，让她开阔了视野，敞开了心胸。在文学的浸润下，她以美和善的眼光来打量世界万物，她觉得花其实不悔开过，叶其实飘落也美，露珠自有它晶莹的爱……她应该努力让自己幸福快乐、让心境轻盈，心盈的笔名由此而来，她的文字也因此充满了爱和温暖。她喜欢读书、写作，诗歌、散文、小说、歌词均有涉猎。作品除在《荷花淀》《燕赵词作家》等文学刊物发表外，多见诸报端。歌词《秋思曲》获"燕赵十佳歌词"奖，歌曲《牵手唐琬》获保定市第九届精神文明建设"五个一工程"奖，诗歌《遇见民工》和散文《让我们在明亮中行走》被评为河北省第二届优秀网络文化"五个一"作品奖。

作品选读：

遇见民工

从单位大楼里走出
裙裾的飘摆　让我的身影
袅袅婷婷——
而你们　从岁月深处
缓缓　向我走来

梧桐仍是
当日的梧桐吗
梧桐下的绿荫
是否如儿时一样　清凉
绿荫下的你们
黝黑依旧　沧桑依旧

穿过那深深浅浅的
时光之河　我始终熟识
你们身下铺的麻袋
你们手上与足上的泥土
你们额上那些浑浊的汗珠
还有那永无更改的
长长短短的　深深的皱纹
皱纹下
质朴坚韧而又柔软的眼神

是的　柔软的眼神
就藏在粗犷的岁月之中
我还认得那眼神中的方向
认得那个遥远的村庄
那些炊烟
那些麦浪和青纱帐
那些孩子们的奖状和新衣裳

我从公文中走出长发飘扬
而所有的芬芳也依旧
是昔日的模样
依旧是
梳麻花辫的那个小姑娘
一样的赤足　一样的茧
一样的土地　一样的温度
暖了我许多许多年

是有些什么
已经改变
只有蝉声　如你们的眼睛
细细密密　织一张
永远年轻的网
将我挡在　成年的风霜之外

是有些什么
永无改变
哪怕绿荫已浓
岁月如繁花　纷纷落下

雄安腾翼　叫醒蓝天

这是阳光笑语嫣然的一年
这是和风轻舞欢歌的一年
这一年的春
雄安落地发芽，萌动人间
这一年的夏
雄安的力量繁茂了百草千花
这一年的秋
雄安遍地盛开金色的希望
这一年的冬
雄安是展翅之鹏　叫醒蓝天

在这片古老的土地上
英雄的气息就住在
每一场霜雪雨露
优秀的燕赵儿女
用勤劳作词善良为谱
激扬丰腴饱满的生命之歌
时光如酒
酿了千年万年
终于在这一年
醉了老树　醉了新芽
醉了多少含苞的憧憬
醉了祖祖辈辈的心田

为了不负众望

为了叫醒蓝天——

盛夏草帽如云　裁一片就润一个农家
寒冬你的热情是温暖的花　熨平寒冰
自从住进村里的那一天起
家人多少话你没空听
俯下的身子住进乡亲们的心窝

问好晨曦　对话星月
数案头如山的文件　数民生如海的苦乐
将青丝数成白发　唯不数汗滴

站在讲台　四季便定格在春天
你期冀的眼神清香四溢
满天下桃李成蹊　慢慢芬芳馥郁

着一袭白衣　植一路杏林
在病房　在手术室　在家人的思念
在患者的心中枝叶葳蕤　温柔生长

一身警服就是一面盾牌
所有云淡风轻的平安
是多少风雨铿锵里的负重前行

每天你都早早告别梦乡
圆一个画家的梦想
扫帚是笔　画无数美丽的街巷

看着渴盼多年建了一半的家

用日复一日的坚定不增一砖一瓦
你值得住进更美更好的家

曾用勤劳撑起了家人幸福的天
带着心痛将企业关停　你懂得
那是为了湛蓝的雄安的天

深深拥抱脚下的土地
你的田园牧歌从此成为绝响
却含泪热切地唱更大更远的歌

……
还有你，有我，有他
这是我们的 2017
苦辣酸甜酿成荡气回肠
我们一饮而下　这杯酒名字叫家
从年初刚刚出生的雄安
我们一路汗水　一路陪伴
走过四季　走进岁尾
这是我们的雄安　这是雄安的我们
所有的付出都是最美的和声
与年轻的雄安一起踏着节拍
我们播种蓬勃　叫醒蓝天

牵手唐琬（歌词）

桃花落　一首千年的歌
东风恶　世事从来坎坷

你是墙内绿柳　墙外满城春色
你是病中心锁　病后泪满笑窝

几十年想念怎样诉说
山盟在锦书无处去托
多少往事成昨　多少时光阻隔
城上斜阳正浓　城下落花池阁

春天的手抚绿桥下盈盈水波
白发老者诉不尽黑发的寂寞
你的美丽开在他的心中啊
开出多少多少思念的执着

秋天的雨送走黄昏泪流成河
悠悠历史唱不尽深深的落寞
你的美丽开在他的心中啊
开成永远永远不败的花朵
不败的花朵

刘建华

刘建华，女，1979年生，雄安新区容城县小里镇王村人。中共党员，容城县作家协会会员。

1999年参加工作，曾任教于师庄小学、黑龙口小学。2001年调到小里中学，教授语文。容城的萍河、龙王跑及新庄窠、小新村等村庄都深深刻在她的记忆里，成为她文学写作的源泉。她的大部分时间在单位——小里中学。小里中学也是她的母校，她将自己对学校的感情融进散文《月光下的木吉他》（该文在《容城教研》发表）。

雄安新区设立后，面对新区新貌，她很受鼓舞，创作了散文《又是一年花开时》《有它的地方叫故乡》《年愈近，情愈浓》《那片载有希望的土地》《此去经年爱有痕》《难忘家乡陪我走过的岁月》等。

作品选读：

难忘家乡陪我走过的岁月

每次坐2路车到东大桥时，那方正大气的红色楷书“王村”二字都会在我内心深处又认真书写一遍。她已深深镌刻在每一个王村人的心中，她的端庄大气告诫每个王村人要老老实实、坦坦荡荡做人。我生于斯，长于斯，对她有一种难以割舍的情怀。

我走过东大桥，顺着路来到家门口，轻轻推开那两扇枣红色的木门，淳厚的咯吱声陪伴了我四十年的人生。我 1979 年生于王村刘家胡同。我家本属六队，后来因家族人丁兴旺，遂分家各过，各自买庄窠盖房，所以我家搬到了马家园子，我儿时的记忆也是从这里开始的。

我家是三间半砖坯房，外屋是一对枣红色木门，门上还有一些花活儿，门与窗相连，左右是对称的，门与窗构成一个大大的丁字，寓意是人丁兴旺。外屋的窗户下边是两个用洋灰磨出的双喜字，与双喜字遥相呼应的是两棵枣树。枣树和我年龄差不多，所以我对它们偏爱有加。

幼时手腕粗细的枣树长出嫩叶，开出了点点米色的花。闻着淡淡的枣花香，我踮着脚尖推开那两扇厚重的木门，乐颠颠地跑到东房根儿的鸡窝里摸一摸有没有鸡蛋。我侧着身子，歪着头，睁着大大的眼睛，小胳膊使劲往里伸，当我的小手摸到热乎乎的鸡蛋时心里都乐开了花。我小心翼翼地把鸡蛋兜在衣服里，妈妈接过鸡蛋放进黑色的小坛子里。当我们哥仨馋了时，妈妈就在枣树旁的锅腔里点着柴火，端着个黑色的铁勺子，给我们摊荷包蛋。妈妈先用筷子在腥油坛子搓点腥油，放在热了的勺子里，待油溶化后打上鸡蛋，煎至金黄，撒上些许盐就出勺了。在物资贫乏的八几年能吃上个煎鸡蛋是我儿时最大的乐事了。现在单位门口有卖夹煎鸡蛋的火烧，我却再也吃不出儿时用铁勺煎鸡蛋的味道，因为那里有妈妈的味道。

1987 年妈妈给我交了一块八毛钱的学费，我成为王村小学的一名学生。我每天挎着妈妈用蓝色和粉色的三角形布拼接成的书包上下学，每次放学还未进家门，先叫一声妈，母亲应着就轻轻将木门打开迎了出来。我有时会偷偷躲在枣树后面，无奈碗口粗细的树干遮不住我，母亲总是乐着牵着我的小手走进那扇门。寒来暑往，我伴着微弱的煤油灯将“人口手”“123”记在心田，也记住了母亲纳鞋底、织毛衣的那双手，还记住了冬天的早晨母亲叫我们起床唱的歌谣：“明了，小鸡跳了绳了，大姑娘起来梳梳头，大小子起来去打油，老婆起来咔嚓粥，老头起来呼噜噜。”想起母亲的歌谣，也打开了我尘封的记忆。一年级我分到了丙班，寒假考试的那天，母亲怕我冷，把她的蓝底棉袄套在我身上，还将她那副绣着梅花的尼龙手套戴在我的小手上。我戴着母亲的手套参加了考试，却将母亲的手套弄丢了。现在想想母亲那时应该很心疼，可她却什么也没说。

记忆里我和弟弟总是仰着头看枣树，花开花落，一年又一年，我和弟弟也没盼来那又甜又脆的大枣。妈妈为了不再让我们失望，腊八那天将黏黏的腊八粥抹在枣树枯瘠黝黑的树干上。也许是妈妈的举动感动了枣树，来年暮春时节，那两棵光秃秃的树枝上长出了许多嫩绿的小芽，几个星期过去了，那些芽儿渐渐地变成一片片嫩绿色的小叶子，椭圆形的叶子油亮亮的，阳光一照，闪闪烁烁像给枣树缀上了许多绿宝石。嫩绿色的小叶慢慢变成了深绿色，那叶子中间，滋生出了许多小米粒一样的花骨朵。小花竞相开放，一簇簇金黄色的小花挤满枝头，我和弟弟满心欢喜。盛夏时一颗颗绿珠子已挂满枝头，那么干净，那么光滑，我和弟弟翘首以待，满怀希望地在枣树下嬉戏玩耍。也就在那时，王村悄悄发生了变化，王村人逐渐走出了这个闭塞的小村子。记忆深处，父亲的大水管车子停靠在枣树上，母亲将行囊紧紧地系在车子后支架上，并嘱咐父亲路上小心。父亲带着家里和借来的钱去了很远很远的地方做买卖去了。妈妈拉着我和弟弟的手目送爸爸骑车离开，一直到他的影子消失不见了，妈妈才拽着我们的手回到院中。阳光下，那一颗颗青枣和着风好似在向我们招手。长大后我知道父亲是去江苏批发布匹去了，我到现在都不晓得他从哪儿坐车去的，只知道他骑着大水管车子载着行李离开了家。秋天，两棵枣树上挂满了红色的“小灯笼”，好看极了！妈妈用竹竿在枝头轻轻一敲，枣子噼里啪啦落在我家的小院里，我和弟弟忙得不亦乐乎，边捡边吃。我和弟弟看着快装满篮子的枣笑得合不拢嘴。那一年，我家屋里堆满了一包一包的布，有智慧和远见的王村人自发在王村大街建了一个市场，父母拉着小拉车去市场卖布。与热闹的市场比起来，正中心的原大队支部是如此的安静，两棵梧桐默默陪着这两排青斗砖房。

冬去春来初夏至，四月初一王村庙时，老叔从大街搬到了东大桥的新庄窠，这里只剩下了因类风湿而行动不便的奶奶。大人们赋予了我一个艰巨的使命——和奶奶就伴。奶奶的老宅和大队部只隔着一条道，晚上清幽的月光倾泻在梧桐树巨大的树冠上，梧桐与青斗砖房相安静好，我和奶奶过着温馨清净的日子，每天趁着天还亮就插好门楼里那扇黑色带着古韵的门。睡觉时奶奶会给我讲一些民间故事，我听着故事进入梦乡，一觉醒来，外面已鸟语花香。按捺不住内心的喜悦与激动，我走进青砖瓦房那个拱形门洞，门洞左右两面的精美壁画吸引了我的注意，人物画得栩栩如生，可儿时的我太小没问画的是什么。穿过门洞来到院中，梧桐花的香气扑面而来，硕大的树冠上好似落着一只只紫色的蝴蝶。偶尔一阵风吹过，几朵梧桐花落下来，像天女散花，令人心旷神怡。奶奶总说“梧桐树开花引凤凰”，现在觉得奶奶这话颇有道理。梧桐树真把凤凰引来了，王村市场的兴起，不仅吸引了全国各地的朋友来这里做买卖，还让当地的老百姓发了家致了富。梧桐树还用她的缕缕芳香引得异乡的游子又回到阔别已久的家乡——白发苍苍的李先生从台湾归来，为家乡修了路建了学校。老实本分、不忘初心的王村人无论走到哪里都难以割舍那抹“剪不断，理还乱”的乡愁。

我和奶奶生活了三年，奶奶教给了我许多为人处世的道理。我上初一的那年秋天，奶奶怀着对两个女儿的思念永远离开了这个世界。萧瑟的秋风卷着梧桐叶，为奶奶谱着一曲哀婉的离歌。而后我回到马家园子的父母家。三年后，我也踏上了去涞源求学的路。记得离开王村的那天早上，父母、大爹、老叔、哥哥、弟弟等人送我到东大桥。我坐上车和亲人们挥手告别。车缓缓启动，我透过车窗将家乡的人、景、物深深印在心中。当那两个方正大气的“王村”二字映入我的眼帘时，泪不知不觉地淌了下来，我心中默念：别了，故乡，我一定会学成归来。

我将对故乡的思念化作学习的动力，“以梦为马，以汗为泉，不忘初心，不负韶华”。三年后我回到心心念着的故乡，做了一名人民教师，这一干就是十九年，我也步入了中年。家门口的枣树因总掉八角毛（一种蜇人的虫子），被父母以三十元的价格卖给了伐树的，为此我还和父母理论了一番。别了，和我同龄且载有我童年美好回忆的枣树。如今，四月初一王村庙时再也闻不到梧桐花的馨香了，梧桐和那青斗砖房的大队支部不知何时消失不见了。奶奶的老宅也换了主人，还有那个繁华的王村市场也淹没在历史的浪潮中了。

临近年关，我给父母送去了一个肘子和一箱酒。离开家时，我为年迈的父母关上那对枣红色的木门，走在儿时不知走了多少遍的路上，又看见那座已布满沧桑的东大桥。走到桥的对面，那方正大气的“王村”二字又一次映入眼帘，我将她的每一笔用我流淌的热血在内心重重书写。因为害怕失去，我取出手机将那方正庄严、齐整大气的“王村”二字以及那座东大桥，还有通往马家园子的路永远定格在这一瞬间。

张旭彬

张旭彬，男，1979 年生，雄安新区容城县人。容城县作家协会会员。文学爱好者，尤其喜欢散文、杂感和诗歌。

1998 年毕业，后到河北师范大学进修汉语言文学专业。

他从小爱惜书籍，从小学一年级到六年级的语文课本都细心收藏，每一章节、每一篇目都烂熟于心。书籍是他最好的启蒙老师，这些书给他打下了坚实的基础，也使他对文学这座殿堂充满了向往。

青年时期，他读书越发痴迷，从连环画、小人书，到文言文、影视杂志，从武侠言情，到医卜星筮，无所不读。求学期间，受老师影响，开始尝试写作，曾有《流星》一文发表于石油物探局机关报端，并在校园数十次的征文比赛中屡屡获奖。其中一次奖品为《唐诗三百首》和《宋词》各一本，这使他更加喜爱古典诗词！

不惑之年，他常常想起幼时静谧的村庄，想起月夜下瓜田里虫儿的鸣叫，想起儿时的快乐时光，这些让他的文字既带有感慨怀旧之情，也不乏儿童天真烂漫的温馨。

作品选读：

时光是记忆的橡皮

时光是记忆的橡皮，可是有些记忆，越擦越清晰，想忘忘不掉，岁月愈久，怀旧愈浓！有同学说你记忆力太好了，我反问，这到底是一种痛苦，还是一种快乐？就像《天才在左，疯子在右》最后一章当中那个永生的人，生生世世重生，每一世都记得前世或若干世，却非常孤独和痛苦，想找作者问问还有没有这样的人？历代皇帝梦寐以求的长生不老到他这里却苦苦挣扎！看问题的角度不同而已！其实，人生就像容器，盛酒则酒，盛茶则茶，所以，记住该记住的，忘记该忘记的，过了筛子再过箩，剩下的都是精华。

前些日子，回了老家一趟。我出生和结婚的那三间房早就没有了，夏夜为我纳凉的老槐树不见了，我一发烧就在灯泡下守我一夜的奶奶已作古二十多年了！但我依然在那片地方驻足良久！

我记得奶奶把要破壳而出的小鸡放在箱子里的情景：它们拱出脑袋，啄破蛋壳，兴奋地走向这个世界，啄点水和小米。我还记得刚出生的小猪欢快地拱着猪妈妈的乳房！我还记得刚出生的小驴抖抖湿耷耷的腿，走向妈妈的身旁，老驴的眼，是那么的慈祥。你看看今天拍的小鹅，黄黄的，绒绒的，多么可爱！生命如此美好！而我们的人生，是否也同它们一样，破茧而出，走向世界，走向远方……

怀旧，喜欢少年的我，留恋生活过的地方。

常常对着镜子问女儿，你老爸帅不帅？她总是说，还可以吧！末了，她还会补充一句，你太自恋了！怀旧，可能也是自恋的一种表现形式！我从懂事以来，就用一颗心去权衡，去称量，父母的爱是否比给弟弟的少一点，恋人的爱是否付出就有回报，爱人的爱哪里做得还不够……其实，在灵魂深处，每个人，最爱的还是自己！

一念觉，一念迷，不离方寸！如果说时光是记忆的橡皮，那么什么是纸，什么又是笔？……

文季川

文季川，笔名雪糕，男，1986 年生，雄安新区容城县大河镇南文营村人。容城县作家协会会员。

散文《初秋》发表在《河南经济报·经济新闻周刊》。另有古体诗词十八首，近代诗歌十一首，主要发表在企业刊物上。

作品选读：

初　　秋

熬过了盛夏，终于迎来了初秋。

一幕秋雨下得缠绵，仿若九天之上垂下的一挽珠帘，恣意翻飞，随心所欲地流转。风乍起，吹斜了残阳，点破了晚霞，雨落散乱如丝。秋心两半便是愁，北方的秋，没有“晴空一鹤排云上”的诗情去长引碧霄，亦没有“莫负东篱菊蕊黄”的闲情来疏解心忧。秋思，是这个时候特有的情愁。落英缤纷的时节，而后是满院黄花堆积。几幕秋雨潺潺，轻拨慢捻，落了树间的叶，凋了正艳的花。抚一纸素笺，一缣水墨，丹青素抹，画尽初秋。诗意正浓，于是执笔，淡写一首婉辞——《又一秋来》。

经历了
春的旖旎
夏的蓬勃
几场骤雨
入夜微凉
于是
又一秋来
风不再那么劲爆
而是变得阴柔
招摇的叶
即将枯槁
却早已看到了
落英缤纷
遍地飘零
我想
这是秋意的情愁

又一秋来
一份等待
良久
不能平息
心中郁结的殇
无法抚去
两靥潸然滴下的泪
我想
这是久别的乡愁

又一秋来
踌躇满志

抑郁生欢
到底
是等待苍白了记忆
还是流年遗忘了初衷
伫立楼头
听
青春写下的歌
埋藏喜忧
沉淀着，沉淀着
湿了眼眸
我想
这是回忆的沉香盈袖

秋天的思潮，总是不乏苦涩与悲凉，总是勾起心中最纯洁的情愫。晓风残月夜，是谁漾起一波帘卷西风，瘦了人似黄花。蓦然回首，夕落瘦水凝眸处，岁月的时光散落在时节变换的穴罅，斑驳了记忆，又苍老了韶华。轻拨弦，奔波的生活，就像一条线段，家庭和事业在两端。于我就像两端之间的一点，当位移偏离了中线，于是一头是不舍，另一头便是想念。每次想的很多很多的时候，多么希望自己就是一片平凡的树叶，得意时枝头招摇，失意时风中起舞，如此简单即好。

桂花香溢溢满楼，举杯邀月月如钩，天凉好个秋。

久违了，初秋。

定风波·销愁

斗转星移伴月升，寥寥夜色又西风。慵倚寒窗思旧事，过往，浮生一梦去匆匆。　　慢捻轻拨方寸乱。留恋，渐行渐远已成空。欲挽光阴斟美酒，同醉，销了愁绪入三更。

江城子·夜无眠

玉露生寒没清秋，残花收，空枝头。萧萧落木，更添半盏愁。遥望西山寒黛远，锦霞美，绕指柔。　夜寒风凄挂银钩，冬已久，雪含羞。兀自成欢，孰与岁月稠。已是他乡多年客，蚱蜢舟，何时休。

曾　经

人生如白驹过隙
转瞬即逝
那么多的人
那么多的事
那么多的那么多
都在指缝间流窜的时光中
沦为曾经
于我
曾经是一份轻松的心情
翻翻泛黄的照片
看看年轻时的笔迹
想想记忆中快要淡去的往事
于是
曾经成了心里郁结的疤

李德仁

李德仁，男，1987 年生，雄安新区容城县人。

毕业于大连理工大学。虽毕业于工科院校，但他对诗歌和散文却情有独钟。2011 年至 2017 年就职于中铁山桥集团有限公司。2017 年 7 月起到港珠澳大桥三地联合工作委员会办公室工作至今。

因为喜欢诗，他善于在平凡中寻找焦点，用心去发现美、追求美、创造美、享受美。在港珠澳大桥建设最艰难和孤独寂寞的一千多个日日夜夜里，他以诗意的文字记录下那段不平凡的心路历程，写下多篇记录生产建设情况的作品。雄安新区成立后，诗歌《我的根在这里》获容城县“我为新区做贡献”系列主题征文活动三等奖。

诗意的文学创作也让他懂得，富裕与贫困、快乐与悲伤，并不是生活的本质，而是看待生活的角度或心态。

作品选读：

我的根在这里

当每天的第一缕晨曦倾洒在三贤广场
当我仰望屹立的容和塔

当我看到明月禅寺古朴的瓦墙
当我闻到苍松翠竹的芬芳
我看到了容城沉淀的历史
感受到了辈辈容城人奋斗的力量
我将手放在胸膛
告诉自己，我的根在这里
在家乡古老厚重的土地上

当每季的第一丝清风吹开容城智慧的书页
当我倾听着校园中书声琅琅
当我抚摸那硕果累累的核桃树
当我嗅到汗牛充栋的书香
我仿佛推开了容城汇聚知识的殿堂
感受到了辈辈容城人传承的风尚
我将手放在胸膛
告诉自己，我的根在这里
在家乡深厚美丽的土地上
当每一次盛会在容城敲开启幕的鼓点
当我随雄安新区规划建设的蓝图远望
当我为容城的发展腾飞点赞鼓掌
当我盼容城挑战奇迹再创辉煌
我深切体会到了容城有力稳健的成长
感受到了当代容城人焕发的荣光
我将手放在胸膛
告诉自己，我的根在这里
在家乡奋发进取的土地上

当每一座美丽的建筑在雄安新区拔地而起
当我们汇聚到新区建设的热烈洪流

当我们看到新区那蓬勃发展的聚光
当我们远眺那青山的苍茫
我看到了容城人携手共进的风采
感受到了新一代容城人续写的希望
我将手放在胸膛
告诉自己，我的根在这里
在家乡创新发展的土地上

当灿烂的阳光照耀在容城人的脸庞
当我看到那拒马河碧波荡漾
当我深情轻抚那一草一木
当我低头沉思那岁月激昂
我明白了这片土地蕴含的精神力量
眼前展开了新一代容城人谱写的新区美丽篇章
我将手放在胸膛
告诉自己，我的根在这里
在家乡那峥嵘腾飞的土地上

农 民 工

一些词句　扰乱着你的梦乡
你习以为常　世人不屑的目光
却还要忍受　市井小民　恶意的中伤

几多情感　倾诉着　你对未来的渴望
你想了又想　却无人倾诉衷肠
一本沉醉心灵的书　以及一套心仪的婚房
总是蒙着面纱　绮丽着你的梦想

日升月落　雨雪风霜　你用汗水
在异域他乡放牧青春　追逐理想
一瓶廉价的啤酒　将你思念的孤苦
又稀释成欢快的模样
我多么希望　在你倦卧的地方
能够长出　柔软的棉花和漂亮的花朵
只轻轻一个呼吸　你便会结识到
满怀的温暖与芬芳

我多么希望　在这个美丽城市的角落
留有一方　属于你自己的天堂
让城市的发展　不只留下你消逝的青春
也实现你最朴实的愿望

一剪梅·送别

多情自古伤离别，缘起相思，无关风月。心中愁肠打千结，杯酒已空，真情难却。　长亭十里卿且住，轻折绿柳，暂与君别。回首再忘相离处，暮里斜雨，飞红残叶。

七律·散怀

富贵荣华本由天，与世无争求自然。
旧时王谢堂前燕，红楼凋敝少人怜。
羁旅天涯苦不言，心付瑶琴曲难堪。
夜静天高邀月远，香茗美酒自寻欢。

后　记

《雄安新时期作家作品》历时两年多，终于要和读者见面了，其中自然有不少曲折和艰辛，但更多的是欣喜和感激！雄安新区设立后，保定学院和文学院的领导鼓励我们要对接雄安新区、为雄安新区的经济文化建设服务。文学院多年来一直致力于地域文学研究，建有保定作家群文学馆，还成立了地域文学研究团队。雄安新区设立后，雄安文学必将进入一个新的历史阶段，这对于我们而言，是新的召唤与契机！为此，文学院专门组建了雄安文化研究科研团队，着手在文学和民俗及语言学方面对雄安文化进行发掘研究。因此，可以说《雄安新时期作家作品》是学校服务雄安新区经济文化建设的阶段性成果。2017 年下半年，在文学院领导的带领下，我们多次到雄安新区现场调研，收集了大量的文献资料；经过认真整理研究，2018 年春夏之交，基本完成了《雄安新时期作家作品》（三卷本）的初稿。虽然出版过程中不断有一些“小插曲”出现，但此时，这些都成了有意义的回忆。

本书的出版，是许多正能量的聚合，对我们而言，有太多需要真诚感谢的人。文学院的靖志茹、彭晓峰、张忠、王春光、李文芳等几位领导不辞辛苦，亲自带着我们深入雄安调研，白洋淀大道见证了我们每一次夜色中的晚归。雄安三地的作协、文协及教育局、文广新局、政协等相关部门给予了我们细致、周到、无私的援助，很多作家无偿赠予我们大量文献资料。因此，本书承载了雄安三地文学耕耘者殷殷的期望和厚爱。河北大学出版社的编辑老师们，以严谨的学术态度对本书三审三校，提出许多宝贵的修改意见，使书稿在各方面不断得以完善。感谢他们！

本书完稿后，雄安文坛又出现不少新人新作，但我们没有对书稿做过多的增加，因为雄安文学必定是一个不断充实、不断丰盈的过程，是一个持续更新的进行时，有关雄安的书写与研究没有完成时，期待所有的疏漏和暂时未涉及的作家作品都成为以后研究的生长点。

编者

2019 年 8 月